Contraste insuffisant

NF Z 43-120-14

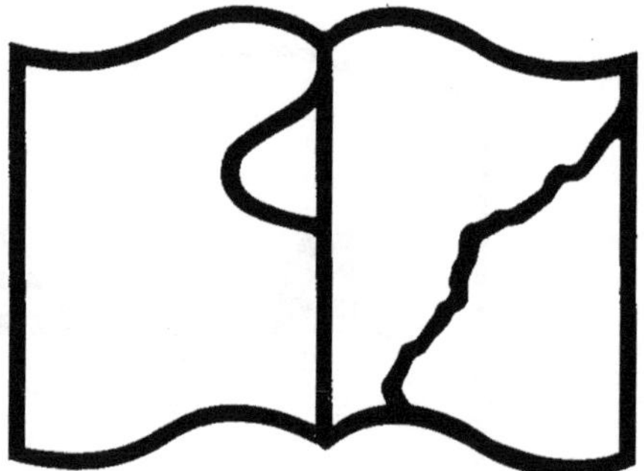

Texte détérioré — reliure défectueuse

NF Z 43-120-11

MARTHE BERTIN
MALTAVERNE
ILLUSTRATIONS
DE
JEAN GEOFFROY
LIBRAIRIE CH. DELAGRAVE
RUE SOUFFLOT, 15, A PARIS

MALTAVERNE

MALTAVERNE

SOCIÉTÉ ANONYME D'IMPRIMERIE DE VILLEFRANCHE-DE-ROUERGUE
Jules Barroux, Directeur.

MARTHE BERTIN

MALTAVERNE

Compositions de Jean GEOFFROY

PARIS
LIBRAIRIE CH. DELAGRAVE
15, RUE SOUFFLOT, 15

1890

MALTAVERNE

I

La Louverie ne connaît rien
des merveilleux progrès de l'in-
dustrie moderne. L'hiver y est
rude. Faute d'un calorifère, on
grelotte dans l'escalier de pierre

qui monte, en tournant comme une vis, du rez-de-chaussée au
grenier. Pas le moindre bec de gaz! Chacun circule, son bougeoir
à la main, ou sa lanterne (voire sa chandelle), dans les grands corridors, où la bise s'engouffre en sifflant, pour peu qu'on laisse une porte
ouverte en haut ou en bas.

Dame Claudine ferait une belle scène si on essayait de lui imposer
l'usage d'un fourneau de fonte et du charbon de terre.

« C'est bon pour les locomotives, ce charbon-là! Mais allez donc
faire un bon rôti dans un four! »

Quant à la cuisine au gaz, « ça doit être un poison », et la lumière
électrique ne sera jamais pour Claudine « qu'une chose de théâtre,
dans le genre des feux de Bengale de toutes les couleurs, qui imitent
des nuages dans le fond! » Le progrès a peu de chance de pénétrer,
à travers la vieille forêt poitevine, jusqu'à la Louverie, tant que dame
Claudine, chevalier du grand Cordon bleu, maire du palais, conseiller
privé, et ex-nourrice du propriétaire actuel, y conservera tous ces
titres, — autant de droits à la tyrannie la plus absolue!

Qu'importe d'ailleurs?

Quand on a chassé toute la journée sous la pluie, quand, après une
longue retraite, on aperçoit, au bout d'une allée obscure, la fenêtre de
la cuisine, brillant au loin comme un phare, d'avance on ressent un
frisson de bien-être à la pensée de la belle flambée de bois sec qui
pétille gaiement dans la cheminée large et haute, et qui en un instant
vous séchera de la tête aux pieds; alors on fait, avec Claudine, bon
marché des inventions nouvelles.

Et l'on chasse beaucoup à la Louverie. Le vieux petit château est
isolé, mais non pas triste. Le matin, au départ, et le soir, au retour,
la trompe fait résonner les échos, et tout le monde aime cette musique-
là, depuis le maître de l'équipage jusqu'au dernier toutou! Et puis
les chiens du Poitou ont une belle voix, et la meute de la Louverie
ne se gêne pas pour le prouver. Quand la Futaie, le piqueur, entre

au chenil, le fouet en main, pour adresser à ses « valets » quelques bonnes paroles, c'est un concert dont les éclats parviennent toujours aux oreilles de dame Claudine, en quelque partie de son domaine qu'elle se trouve. Ce soir pourtant la meute est silencieuse. La journée a été rude ; on s'est couvert de gloire, mais on est las et crotté, et on a bien gagné un bon somme sur les bancs du chenil.

Dans la cuisine, la réunion est nombreuse ; Claudine a pour aide de camp sa nièce, jeune personne rompue depuis longtemps à la discipline, et de plus, dans ce moment, une femme de basse-cour, dont un service supplémentaire est requis, pour un mois, à l'époque des réceptions. Les invités sont tous des habitués, connus de longue date à la Louverie. Chacun y ramène à l'automne son cheval, ainsi qu'un homme pour le soigner, et retrouve généralement ses amis de l'an dernier ; bêtes et gens y vivent donc sur le pied de la plus douce intimité.

La Futaie et tous ses hommes, rangés en cercle sous le manteau de la cheminée, reprennent un à un tous les incidents de la chasse, au bénéfice de Claudine, qui les écoute avec un visible intérêt.

A les entendre répéter toujours ou à peu près la même chose, Claudine est devenue d'une jolie force en vénerie ; elle serait capable d'en remontrer à plus d'un, parmi les invités de son maître, et ne se gêne pas pour critiquer la Futaie lui-même, si l'occasion s'en présente.

Là-bas, dans la salle à manger, ces messieurs fument aussi force cigares, et la chasse de la journée fait tous les frais de la conversation.

Il en est de même dans le domaine de Claudine ; les pipes sont allumées : ces dames ne craignent pas la fumée, et le tabac a ses grandes entrées à la Louverie, toit hospitalier d'un jeune célibataire.

« La Futaie ! » cria tout à coup une voix claire et jeune venue du dehors.

Le silence se fit dans la cuisine, et tous les yeux se tournèrent vers la porte.

« Parrain te demande, continua la voix, qui se rapprochait. »

La fumée était si épaisse, qu'on ne distingua bien le nouveau venu que lorsqu'il fut au milieu du cercle, devant les grandes flammes du foyer.

C'était un petit homme d'une douzaine d'années, délicat d'apparence, avec des membres grêles, des joues trop pâles et des yeux trop grands. Une de ces figures qui font le désespoir des mamans attentives.

La Futaie l'accueillit d'un sourire, mais dame Claudine gronda.

« Comment ! s'écria-t-elle, encore debout après une journée pareille ! Tu devrais dormir depuis longtemps. »

L'enfant se tourna vers elle avec une vivacité d'écureuil.

« Mais je n'ai pas sommeil du tout ! » cria-t-il d'un ton indigné qui fit sourire l'assistance.

La Futaie allait sortir ; il s'arrêta :

« Pourquoi voulez-vous qu'il soit fatigué ? dit-il. Vous savez bien qu'il est monté sur des ressorts !... Fatigué, lui ! » répéta-t-il en disparaissant dans le corridor.

L'enfant secoua ses épaules minces d'un air insouciant, puis, d'une seule main, faisant pirouetter la lourde chaise de cuisine que la Futaie venait de jeter hors du cercle, il la glissa entre ses jambes, et, d'un geste délibéré, il s'y campa à cheval, le dos au feu, dominant tout le groupe avec l'assurance et l'aplomb d'un officier devant ses soldats.

Il considéra un moment la rangée de grosses pipes qui fonctionnaient autour de lui, et d'un air d'envie :

« Êtes-vous heureux de fumer ! s'écria-t-il. Dire qu'on m'enfume tous les jours comme un jambon et que je n'ai pas le droit de m'en mêler !

— Pas possible!... dit un vieux palefrenier d'un ton narquois ; ça vous est défendu?... C'est que vous êtes trop petit ! »

Les autres se mirent à rire ; mais si le palefrenier avait cru vexer l'enfant, il se trompait.

Ses yeux hardis ne se baissèrent pas, au contraire ; il les fixa sur celui qui lui avait parlé.

« Défendu ! répéta-t-il avec un dédain superbe. A quoi cela servirait-il? Je pourrais fumer en cachette si je voulais ! Mais parrain dit que ce serait mauvais pour moi, et je lui ai promis de ne pas le faire ; voilà tout !

— Attrape ! murmura un autre avec une grimace à l'adresse du palefrenier. Pourtant, reprit-il, ça vous amuserait de fumer ?

— Oh ! oui, c'est la seule chose qui manque à mon bonheur ! »

Un rire général accueillit ce cri du cœur, mais le petit garçon ne s'en offensa pas : il fit un temps de trot à l'aise sur sa chaise de paille, riant à l'unisson des autres.

Le vieux domestique regardait les dents de l'enfant, petites et blanches comme les dents de lait, qu'elles remplaçaient depuis si peu d'années, et d'un air bonhomme :

« Ce serait trop dommage, dit-il, de mettre une vilaine pipe entre vos jolies quenottes? M. Dellerin a raison et... »

Il n'acheva pas sa phrase.

L'enfant (qui ne l'écoutait pas d'ailleurs) venait de sauter sur ses pieds.

Un bruit de voix excitées s'élevait tout à coup dans la salle à manger.

« Oh ! oh ! dit-il, ces messieurs s'animent. »

Puis se tournant vers un des valets de chiens :

« M. Laurès arrive d'Angleterre, expliqua-t-il, il ne rêve plus que chiens anglais ! »

Et s'animant de son côté :

« Mais, s'écria-t-il d'un ton de défi, qu'il nous en montre un qui vaille Fergus ou Roméo ! »

Il prêta l'oreille un instant :

« Parrain se fâche ! murmura-t-il. Je vais voir où en est la discussion. »

Et, repoussant sa chaise du pied, ce grand veneur s'élança hors de la cuisine.

« Quel drôle de petit monsieur, dit un domestique nouveau venu, qui avait accompagné un des amis de M. Dellerin à la Louverie.

— Mais, répondit un palefrenier, ce n'est pas un monsieur, et c'est un monsieur. C'est-à-dire... il a des parents, et il n'en a pas ! C'est une trouvaille de la Futaie : une aventure qu'il vous racontera si vous voulez. »

En ce moment la Futaie rentrait à la cuisine, se frottant les mains et riant tout seul :

« Petit diable !... grommelait-il. Il était rouge comme un coq !

— Ça chauffe encore, là-bas ? demanda la Broussaille, le valet de chiens. »

La Futaie secoua la tête :

« Non, c'est fini, » dit-il.

Puis se mettant à rire :

« Mais le petit était bon à voir : il criait plus fort que tout le monde. A la fin, monsieur lui a dit qu'il était temps d'aller se coucher ; il a fallu obéir ! Mais c'est égal... il a dit son fait à ce monsieur, avec ses chiens anglais !...

— La Futaie, dit le palefrenier qui venait de parler, raconte donc à Pardou — et il désignait le domestique nouveau venu — l'histoire de ta trouvaille ! »

Quand il ne parle pas chasse, la Futaie ne parle guère. C'est un homme des bois, et peu lui importe ce qui se passe en dehors de sa forêt ; on pourrait discourir toute la nuit, dans la cuisine, sur tous les sujets possibles, sans obtenir de lui un mot d'approbation ou de critique. Il n'écoute même pas, et ses pensées vont ailleurs : à ses bottes qui sèchent ; à Bataclan, un de ses meilleurs chiens, blessé la veille par un sanglier ; à son fouet dont la lanière se coupe : toutes choses pour lui bien plus intéressantes que la politique, le service militaire ou leurs histoires de Paris !

Pourtant il est un sujet qui le trouve toujours prêt : l'histoire de sa « trouvaille ».

C'est la seule aventure qui lui soit arrivée, en dehors de la chasse, et il aime à la raconter. Depuis les premiers mots : « Il faisait un temps de chien, » jusqu'aux derniers : « Et ce sera un rude chasseur, laissez-moi faire ! » les gens de la Louverie la connaissent par cœur, ce qui, au reste, ne les empêche pas de saisir chaque occasion de l'entendre encore.

« Ah ! ah ! fit la Futaie, en rallumant sa pipe et s'adressant à Pardou, on vous a déjà parlé de ça ? C'est une drôle d'aventure, allez ! »

Et, saisissant les pincettes, il tisonna un moment en silence, remua quelques charbons, les entassa en pyramide régulière, puis regarda à la ronde autour de lui. Il remit alors les pincettes à leur place, s'appuya au dossier de sa chaise, fit glisser sa pipe au coin de ses lèvres, là où elle ne le gênait plus pour parler, et s'adressant tout spécialement à Pardou, l'histoire étant pour lui :

« Il faisait un temps de chien : du vent, de la neige, une vraie bourrasque !... Je revenais de Maltaverne, cette grande maison triste que vous avez dû voir en passant, à l'entrée de la forêt. A cette époque, le vieux M. Rouveur chassait encore avec nous, et j'avais souvent affaire à lui. Les jours étaient courts comme maintenant : il fait noir de bonne heure en forêt, surtout quand il neige, et la neige m'avait pris en quittant les bois de Maltaverne ; le vent m'en jetait de vrais tas dans les yeux, dans le cou ! Avec cela, mon cheval glissait, il fallait marcher au pas.

« Quelle promenade !... J'étais à moitié gelé et de mauvaise humeur, je vous en réponds ! Je n'y voyais goutte ; mais ce n'est pas moi qu'on perdra jamais en forêt, vous pensez bien !... et je savais que j'étais tout près de l'étang des Palis. On y faisait du charbon, et la vieille masure des charbonniers y est encore.

« Dans ce temps-là, elle était habitée par deux espèces de sauvages : un grand diable, roux et sournois, dont on ne pouvait pas tirer un mot, et sa femme, une petite maigre, qui avait toujours l'air effaré comme s'ils venaient de faire un mauvais coup !... Du reste... »

Et la Futaie, changeant de ton, ouvrit une parenthèse.

« Du reste, j'ai toujours eu dans l'idée que ce vaurien-là était un braconnier ! Leur charbon a dû rôtir plus d'un lièvre et pas mal de chevreuils. Du monde, comme ça !... Enfin, n'importe !

« Donc, j'arrive devant la hutte, mais je n'y vois ni lumière ni fumée. Je me dis : « C'est bien étonnant ! Comment ça se fait-il ? Parbleu ! ils braconnent ! Si je pouvais les faire pincer !... J'arrête mon cheval, j'écoute... J'entends piauler derrière la porte ! Ils avaient un moutard : un petit malheureux de trois ans, qui était gros comme un rat et qui parlait à peine.

« Ah çà !... ce petit était donc là tout seul ?

« Ma foi, je mets pied à terre, j'attache mon cheval à un arbre, et j'entre...

« Il faisait noir comme dans un four. Je crie : « Hé ! moutard ! » Silence complet.

« J'allume une allumette, puis une chandelle que je trouve sur une table... Je cherche...

« Personne !

« Enfin, en me retournant, je bouscule une chaise, et voilà la chanson qui recommence. Le petit était sur cette chaise, et j'avais failli le jeter par terre. Je me baisse et je lui passe la chandelle sous le nez !

« Ma parole, ça faisait pitié !... Il était accroupi là, comme un pauvre chien, à moitié nu, violet de froid, la figure toute barbouillée de charbon, délayé par ses pleurnicheries !

« Je remets ma chandelle sur la table et je commence par le prier de se taire… pour causer un peu !

« Il était dressé à l'obéissance. Au premier : « Tais-toi !… », le voilà qui se cache derrière son bras, comme un malheureux qui a l'habitude des coups.

« La conversation n'était pas facile avec lui.

« Toujours non !

« Sais-tu où est ta mère ?… — Non ! — Ton père ? — Non plus.

« Il ne savait pas s'ils allaient rentrer. Il tremblait de froid, il avait faim ! Quelle misère !

« Tout ça commençait à m'ennuyer… Je regarde autour de la chambre : elle avait un air tout drôle ; il y manquait un tas de choses. J'ouvre une espèce de vieux bahut que je connaissais dans un coin : il était vide ! Toutes les guenilles avaient disparu !

« Sans quitter sa chaise, les jambes pendantes, les mains dans son tablier, le petit tournait dans tous les sens sa figure barbouillée, pour suivre mes mouvements. Enfin, de lui-même, voilà qu'il se met à me baragouiner quelque chose. Il mangeait la moitié de ses mots. Pourtant, avec l'autre moitié, j'arrive à comprendre ce que je soupçonnais déjà !… Ses jolis parents étaient partis sans tambour ni trompette, en emportant ce qu'ils pouvaient ! Sûr et certain, ils ne reviendraient pas : ils l'abandonnaient à la merci des voisins, et, juste, ça tombait sur moi ! Que faire ? Je restais là, debout, au milieu de leur taudis ; le petit en face de moi, sur sa chaise, l'air ahuri, claquait des dents et frissonnait ; je le vois encore !… Plus je le regardais et plus j'étais en colère ; tellement que, tout d'un coup, sans y penser, je lève le poing en criant de toutes mes forces : « Canailles ! »

« Mais voilà le petit qui prend ça pour lui, qui dégringole de sa chaise et se sauve sous la table ; il s'imaginait que j'allais le battre !

« Allons, mon petit vieux, n'aie pas peur! »

« Ça ne pouvait pourtant pas durer ! Mon cheval recevait la neige sur son dos pendant tout ce temps-là !

« Je ne fais ni une ni deux : j'attrape le petit par une jambe, je souffle la chandelle, et me voilà parti !

« En remontant à cheval, je disais tout haut : « Si vous revenez, « vous, le chercher, je vous dirai deux mots !... »

« Mais je savais bien qu'on ne les reverrait plus.

« J'avais fourré le mioche sous mon caoutchouc ; il avait une peur bleue... Je sentais ses petits bras se cramponner à moi ! Pour le remonter un peu, je lui parlais de temps en temps :

« Allons, mon petit vieux, n'aie pas peur ; je te tiens ! »

« Ou bien :

« Nous voilà arrivés ; vois-tu la lumière là-bas ? »

« J'avais l'air d'une vraie nourrice, ma parole !

« Mais le petit ne répondait rien, et il continuait à s'accrocher à moi comme un singe ; je crois que ça l'étonnait d'être à cheval !

« En arrivant, je donne ma bête à la Broussaille, je monte chez monsieur, je plante le moutard devant son fauteuil et je lui conte l'affaire.

« Monsieur m'écoute, regarde l'enfant, me regarde, et me dit enfin :

« Que veux-tu que j'en fasse ? »

« Moi, je ne me démonte pas ; nous avions élevé une fois un petit sanglier à la Louverie, ça n'avait pas gêné beaucoup, et je me disais que nous pouvions aussi bien garder ce petit, en bas, avec nous, sans que monsieur ait la peine de s'en occuper. Après une petite discussion, monsieur me dit :

« Arrange-toi avec Claudine, et fais ce que tu voudras ! »

« Il regardait mon mioche comme on regarde un chien blessé, et je me disais en dedans :

« J'en étais sûr ! J'ai eu raison de le monter !... Monsieur a bon « cœur, il le gardera ici ! »

La Futaie se tut un moment; il souriait en contemplant sa pyramide de tisons, toute prête maintenant à tomber en cendres ; puis, se
tournant vers Claudine, qui l'écoutait en tricotant :

« Vous rappelez-vous ce soir-là, madame Claudine ? Le petit
mourait de faim : il a mangé toute ma soupe et il s'est endormi sur
mes genoux, pendant que vous disiez pis que pendre (et ce n'était pas
trop !) de ses parents. Vous vouliez faire des recherches, mettre la
police sur leurs talons... Mais qui est-ce qui serait attrapé maintenant si on les retrouvait, s'il fallait leur rendre leur fils ?

— C'est nous tous ! répondit Claudine en riant, et la Futaie plus
que les autres ! »

Le piqueur ne s'en défendit pas, au contraire.

« Pour sûr, s'écria-t-il, et lui ?... savoir aussi s'il quitterait volon-
tiers son vieux la Futaie ?

« Pour vous finir l'histoire, reprit-il en s'adressant de nouveau
à Pardou, voilà donc le moutard installé à trotter partout dans nos
jambes, comme, dans le temps, le petit marcassin. Mme Claudine
l'avait bien nettoyé et attifé ; monsieur avait causé de la chose avec
elle et lui avait donné de l'argent pour lui acheter un tas d'affaires ;
et puis il était bien nourri, et plus jamais battu : ça lui donnait meilleure mine. Au bout de quelques jours, il nous connaissait tous ;
personne ne comprenait son charabia, mais il s'en moquait pas mal !
Il obtenait quand même tout ce qu'il voulait.

— De vous surtout, murmura Claudine.

— Ah ! dame, c'est moi qui l'avais trouvé, vous savez bien ! Aussi
il me suivait dans tous les coins, et nous sommes toujours restés une
paire d'amis. A le voir partout dans la maison, monsieur s'était mis
à l'aimer comme nous tous, et, sans en avoir l'air, il s'en occupait
si bien que, de fil en aiguille, il l'a, comme qui dirait, adopté...

— Mais... dit Pardou avec hésitation, je croyais d'abord... Il n'est
donc pas le filleul de votre maître ?

— Le filleul ! répéta le piqueur étonné. Ah !... parce qu'il l'appelle parrain ! C'est un nom de respect et d'amitié, pour ne pas dire monsieur ; du reste, s'il n'est pas son filleul, c'est tout comme !... Mais il savait dire son nom, à sa manière, quand nous l'avons pris. Il s'appelle André Boisgard. »

Cette interruption ayant fait perdre à l'orateur le fil de son discours, il resta muet pendant quelques secondes, cherchant à le retrouver !

Ce fut assez facile, car il arrivait, heureusement, à une période importante de l'histoire.

« A cinq ans, continua-t-il, voilà notre mioche pris de la rougeole !... Je vous certifie qu'il a été bien soigné !

« Monsieur lui-même venait le voir, en rentrant, le soir; il lui racontait la chasse, pour l'amuser.

« Il fallait tout lui dire, d'un bout à l'autre, sans rien passer. Il faisait des questions !... Il connaissait tous nos chiens par leur nom, et il comprenait déjà la chasse comme... comme maintenant, presque ! le petit malin !

« Avant sa maladie il mangeait avec nous ; mais du jour où le médecin avait dit qu'il faudrait beaucoup de précautions pendant quelque temps, monsieur l'avait pris à sa table, et depuis il l'a toujours gardé avec lui.

« Il l'amuse, vous comprenez. Au lieu d'être tout seul dans sa salle à manger, il a un petit compagnon, et qui n'est pas bête, allez !

« Demandez plutôt à M. le curé de Sainte-Radegonde, qui lui donne des leçons !...

« Il y va deux fois par semaine, par tous les temps, et c'est à deux lieues, de l'autre côté du bois ; mais il n'a peur de rien, et il connaît la forêt comme sa poche !

« Depuis l'âge de six ans il monte à cheval ; voilà deux ans qu'il chasse avec nous, et ce sera un rude chasseur, laissez-moi faire ! »

Après ces mots sacramentels, qui renfermaient, à son point de vue, tout l'avenir de son élève, la Futaie secoua sa pipe dans la cheminée et se leva :

« En attendant, reprit-il, il dort sur les deux oreilles, et je vais aller en faire autant. Bonsoir la compagnie ! »

III

Le lendemain, étant jour de repos pour l'équipage, les paresseux
firent la grasse matinée et ne quittèrent leur chambre qu'à l'appel
de la cloche qui sonnait le déjeuner. Mais André n'était pas au
nombre des paresseux ; debout depuis longtemps, il avait déjà
inspecté les écuries, embrassé son cheval, consulté le baromètre et
discuté ensuite la grande question de la pluie ou du beau temps avec
la Futaie, qui prétendait s'y connaître « mieux que le baromètre »,
lorsque la grosse horloge du vestibule fit entendre tout à coup un
grincement plein de menaces.

« Tiens ! cria la Futaie, voilà neuf heures, et c'est la leçon tantôt ;
va préparer tes devoirs ! »

André fit la sourde oreille, mais la Futaie était intraitable sur cet
article :

« Neuf heures, c'est bien cela, répéta-t-il après avoir compté tous
les coups ; allons, mon petit, sauve-toi ! »

Et, soulevant son protégé dans ses bras, il lui fit enjamber de
force les trois degrés qui menaient au vestibule.

« Attends un peu, criait André en se débattant, le garde est là ; je
voudrais lui parler de la chasse au blaireau... c'est demain ! »

Mais la Futaie ne le lâchait pas :

« Raison de plus pour travailler aujourd'hui ! Va-t'en... Je te raconterai ce que Venaud aura dit. »

André cessa de se débattre.

« Laisse-moi ; j'y vais, » dit-il en riant.

Ils arrivaient au bas de l'escalier tournant.

André grimpa les trois premières marches d'un seul bond, puis, regardant par-dessus son épaule, il aperçut la Futaie, les bras étendus, barrant le chemin, en prévision d'un retour offensif :

« C'est inutile, fit-il d'un ton résigné ; je te dis que j'y vais ! »

Puis, avec un gros soupir :

« Ah ! mon vieux, reprit-il, si tu savais comme cela m'ennuie.

— C'est possible ! répliqua la Futaie, dont le ton devint sévère, parce que tu es un paresseux ; mais plus tard tu seras reconnaissant à monsieur, à ton curé, et... et à moi, de t'avoir forcé à le faire ! Les enfants ne savent pas... »

Tous les sermons de la Futaie débutaient de cette façon, aussi André jugea-t-il prudent de grimper au plus vite le reste de l'escalier.

« Je sais, je sais !... » cria-t-il d'en haut.

Au lieu de se fâcher, la Futaie se mit à rire :

« Tiens, tiens !... dit-il à demi-voix, c'est un bon moyen ! »

Puis, avec un geste de pitié :

« Le pauvre petit ! murmura-t-il, ce n'est pas tant la paresse... seulement il n'est pas habitué à rester enfermé et tranquille. »

Mais réagissant au plus tôt contre sa propre faiblesse :

« Enfin !... il n'y a pas à dire ! il faut qu'il apprenne !... »

De tout l'entourage d'André, la Futaie était celui qui prenait le plus à cœur l'instruction de son protégé ; elle avait été négligée trop longtemps !

A dix ans, André savait tout juste lire et écrire, et encore personne n'aurait-il pu dire qui le lui avait appris.

Parmi les amis de son parrain, c'était à qui le gâterait, et dans les premières années il fit une consommation effrayante de chevaux de bois, de fouets à sifflet et de soldats de plomb.

Un beau jour, l'un d'eux lui ayant apporté un alphabet d'animaux,

« Je sais! je sais! » cria-t-il d'en haut.

il se prit d'une grande passion pour le lion et la girafe et demanda à la Futaie sa première leçon de lecture.

La Futaie ne s'y entendait pas très bien ; pourtant, dès le même soir, André, qui ne savait ni A ni B, épelait avec bonheur : G-i gi, r-a ra, f-e fe : girafe ! » se sentant bien plus intimement lié avec la « drôle de bête » depuis qu'il savait lire son nom.

Il épela ainsi ceux de tous les animaux et sut bientôt ses lettres, sans avoir passé par l'étude de l'alphabet.

Devant ce premier succès, la Futaie se piqua d'honneur et poussa plus loin son élève ; puis, chacun s'en mêlant un peu, sans leçons régulières, sans méthode suivie, comme un oiseau qui picore de-ci de-là, André arriva à lire couramment.

Alors ses amis remplacèrent les chevaux de bois et les soldats par des livres ; mais rien ne l'intéressait autant que le journal de chasse que recevait son parrain. Il passait les journées de pluie penché sur une table où ses journaux étaient étalés, suivant la ligne avec son doigt (car il se perdait encore de temps en temps) ; et quand il se plongeait dans cette lecture, tous les joujoux étaient oubliés.

Les chevaux de bois lui étaient devenus d'ailleurs tout à fait indifférents, depuis que la Futaie lui faisait monter un vrai cheval. Cette branche de son éducation fut la plus soignée, car ici le professeur était sûr de lui ; les leçons furent régulières, et les principes sévèrement observés.

Quand il fut bien et dûment établi qu'André pouvait lire sans le secours d'autrui, on s'occupa de l'écriture, c'est-à-dire que M. Dellerin acheta une provision de ces cahiers tracés en bleu qui mènent l'écolier, d'étape en étape, depuis le bâton jusqu'aux plus grandes difficultés de la calligraphie.

C'est une excellente méthode ; seulement André la suivit à sa façon ! Il griffonna à l'encre, selon son caprice, la série entière de ses cahiers, allant, sans parti pris, des majuscules aux bâtons, du gros au fin, et *vice versa*, sans tenir jamais compte du numéro d'ordre.

Ce qui porterait à croire que toutes les méthodes sont bonnes, pourvu qu'on les suive avec persévérance, c'est qu'André, à force de barbouiller des pages au hasard, en s'appliquant à reproduire son modèle, réussit à assouplir ses doigts et à diriger sa plume avec assez de sûreté pour former des lettres et des mots, qui peu à peu devinrent lisibles et réguliers.

La Futaie était très fier !

Lire, écrire et se tenir à cheval, c'est déjà un joli commencement ; mais dame Claudine, qui pensait à tout, lui porta certain soir un grand coup.

D'un air triomphant, il vantait très haut la dernière prouesse de son élève à la leçon d'équitation.

« Chaque fois, disait-il, devant le fossé, le cheval reculait au lieu de sauter, mais le petit tenait bon ! Il avait un air pas commodé : les lèvres pincées et le sourcil froncé. Je pense en moi-même : « Ils s'en- « têtent tous les deux, ça va mal finir ! » Alors je lui crie :

« Laisse-moi le monter : je vais lui administrer une bonne cor- rection ! »

« Sans bouger, le petit me regarde. (Il paraît que je l'avais vexé !)

« Tu crois que j'ai peur ?... attends !... »

« Il lève sa cravache... Le temps de dire : Hop ! et les voilà tous les deux de l'autre côté du fossé. Je n'y ai vu que du feu !... et le che- val aussi, je crois bien. Il lui fait faire un temps de trot, le ramène, et le cheval saute, cette fois, sans hésiter. Ah ! le gaillard, qu'il était content !... »

Au lieu de s'émerveiller de ce bel exploit, comme la Futaie s'y attendait, dame Claudine se contenta de secouer la tête avec un air profond, qui tout à coup le mit très mal à l'aise.

Croyant deviner un reproche dans ce silence, il s'écria vivement :

« Voyons !... il ne s'est encore rien cassé, et vous n'êtes pas femme à vouloir garder un garçon si déluré comme une petite fille ?

— Non, répondit tranquillement dame Claudine, mais vous ne m'em- pêcherez tout de même pas de dire qu'il est mal élevé. »

La Futaie resta d'abord muet de stupéfaction.

« Mal élevé !... s'écria-t-il enfin, vous plaisantez ? »

Mais dame Claudine restait très sérieuse, au contraire.

« Je ne plaisante pas, dit-elle ; montrez-moi donc un autre enfant

élevé comme André ! Mon neveu a son âge, et il en sait dix fois plus
long que lui. Pourtant on n'en fait pas un petit monsieur comme
celui-là !... Il fallait nous le laisser à la cuisine, et vous en auriez fait
un bon piqueur peut-être : ou bien, alors, il fallait... »

La Futaie l'interrompit ; il comprenait maintenant ce qu'elle voulait
dire.

« Vous avez raison, fit-il, très perplexe ; ce n'est pas le tout de
vivre avec monsieur et de monter ses chevaux. Seulement, monsieur
n'en pense pas si long, voyez-vous. Il est encore jeune : le gamin est
gentil ; il le traite comme... comme un petit frère, absolument ; mais
plus tard... »

Il réfléchit un moment.

« Vous avez raison, répéta-t-il, diable ! — et il hérissait énergiquement ses cheveux entre ses doigts — diable !... c'est plus difficile que
je ne croyais d'élever un enfant. Il faudrait... Mais... pauvre petit !
ça serait dur pour lui si on changeait tout cela maintenant ! Donnez-
nous un conseil, madame Claudine ; vous pouvez bien en parler à
monsieur, vous ! »

M. Dellerin était encore jeune, en effet ; il n'avait pas trente ans.
Orphelin avant sa majorité, il avait eu de bonne heure la jouissance
d'une grosse fortune et vivait à sa guise. Il aimait les voyages : il
voyagea ; il aimait la chasse : il installa un équipage à la Louverie
et passa une grande partie de l'année chassant, avec ses amis ou
tout seul.

Maintenant sa solitude était égayée par la présence de son petit
compagnon, de ce « filleul » que le hasard lui avait envoyé, et
qui jouissait si naïvement, comme d'une chose due, de tous les
charmes d'une existence si différente de celle qu'il aurait menée
avec ses parents.

Ils ne se préoccupaient pas plus l'un que l'autre de l'avenir ; la
Futaie jugeait que tout allait le mieux du monde. Seule dame Clau-

dine, la plus sage tête de la maison, n'approuvait pas ce qui se passait.

Or, quand dame Claudine, maire du palais et conseiller privé, désapprouvait quelque chose tout bas, il ne se passait pas longtemps avant qu'elle désapprouvât tout haut. Aussi la Futaie faisait-il une démarche inutile en réclamant ses conseils et son intervention auprès de monsieur. Elle avait résolu déjà de parler sérieusement à son maître et de l'engager à changer un système d'éducation dont les conséquences ne pouvaient qu'être très fâcheuses, un jour venu, pour l'enfant d'adoption de la Louverie.

Comme l'avait dit la Futaie, monsieur n'en pensait pas si long. Il considérait encore André comme un petit enfant, et sans la vigilance de Claudine, qui éveillait à temps ses scrupules, il n'eût songé que trop tard, sans doute, à ce côté pratique et sérieux de la question.

Mais comme il ne demandait qu'à bien faire, il écouta avec attention le discours de son conseiller, se reprocha d'abord sa négligence, puis trouva, séance tenante, un remède au mal.

« De quoi t'inquiètes-tu? dit-il. L'envoyer à l'école?... lui donner un métier?... C'est bien des histoires!... Pourquoi changer sa vie maintenant ?... Il est trop tard, et je ne l'ai pas gardé avec moi pour le rendre malheureux. Tu me reproches d'en avoir fait un « petit monsieur »; mais, après tout, quel mal y a-t-il à cela? Je n'ai qu'à continuer, voilà tout ! Je lui ferai donner des leçons; il est intelligent : s'il veut travailler, il se fera une position, comme tant d'autres ! »

Et, dame Claudine conservant son air digne des grandes circonstances, M. Dellerin ajouta, avec une certaine inquiétude :

« Tu n'es pas contente?

— Je ne sais pas, répondit-elle. Est-ce un bien ? est-ce un mal pour lui? Nous ne le saurons que plus tard. Ses parents...

— Tu penses encore à ses parents! s'écria vivement M. Dellerin. Sois tranquille, ils ne se feront plus voir ici! Je resterai responsable de l'enfant ; et puisque je m'en suis chargé, je veux l'élever à ma guise.

— Tu en as le droit, » dit à demi-voix dame Claudine.

Et, après une seconde de réflexion, elle répéta d'un ton plus assuré :

« Tu en as le droit, car enfin tu ne veux que son bien, et il te devra tout. »

Il lui arrivait de temps à autre de tutoyer encore son maître dans les conférences de ce genre, et ils ne s'en apercevaient ni l'un ni l'autre.

« Je ne crois pas qu'il m'en fasse jamais repentir, conclut M. Dellerin.

— Moi non plus, dit-elle avec un mouvement de tête ; seulement, puisque tu veux le faire instruire, il faut t'en occuper ; peut-être que M. le curé de Sainte-Radegonde... »

Son maître ne lui laissa pas le temps d'exposer son plan.

« Parfait ! s'écria-t-il avec enthousiasme ; quelle idée lumineuse ! Tu vaux ton pesant d'or ; va me chercher André, nous allons régler tout cela. »

C'est ainsi que, depuis deux ans, André se trouvait dans la triste obligation de travailler comme tous les enfants de son âge, et même un peu plus, car il avait pas mal à faire pour atteindre maintenant le niveau général. Et son professeur l'y poussait de son mieux, en dépit de ce proverbe décourageant : « Le temps perdu ne se rattrape jamais. »

Le curé n'en était pas à son coup d'essai : il avait fait plusieurs éducations et avait, par conséquent, acquis une certaine expérience. Pourtant, au début, les allures de son élève le surprirent quelque peu.

Il lui arrivait toujours plein d'entrain, après une course à travers bois, à cheval quelquefois, ou bien à pied, sa carabine sur l'épaule, ses livres dans une gibecière, en compagnie d'un écureuil tué en

Quand le beau temps le tentait par trop, il emmenait son maître...

route. Il se mettait au travail avec ardeur ; puis, au moment où le professeur enchanté se proposait de lui donner un bon point de sagesse, il déclarait tout à coup qu'il avait des fourmis dans la jambe et récitait sa leçon en faisant le tour de la chambre à cloche-pied.

Quand le beau temps le tentait par trop, étant trop honnête pour faire tout seul l'école buissonnière, il emmenait son maître, le suppliant de lui donner sa leçon dehors en se promenant, et promettant de reconnaître cette faveur par une application inusitée.

Il était homme de parole, le professeur en avait eu souvent la preuve ; aussi, quand la leçon était un peu difficile, il cédait, ayant reconnu que c'était le meilleur moyen de la faire accepter sans conteste.

« Je suis peut-être trop faible, se disait-il parfois ; mais que faire ! Il a été si mal élevé ! »

Et il se rappelait en souriant cette recommandation de la Futaie :

« Ne le brusquez pas, monsieur le curé ; ce n'est pas le bon moyen de le « dresser ». Je le connais, il fera tout ce qu'on voudra pour plaire à son parrain : prenez-le par là, et ça ira tout seul.

Le professeur avait fait son profit du conseil et adopté cette devise, qu'il jugeait plus que jamais sage et prudente dans ce cas épineux : « Patience et longueur de temps… »

IV

André aimait sa forêt en toute saison et par tous les temps ; il en connaissait les plus petits coins et, pour varier ses plaisirs, s'écartait le plus souvent de la ligne droite, prenant au hasard tantôt une allée, tantôt une autre.

« Tous les chemins du bois mènent au village, quand on sait s'y reconnaître, » prétendait-il.

C'est ainsi qu'il se laissait entraîner dans les bois de Maltaverne, où il n'avait que faire, pour le seul avantage de prolonger sa promenade.

Ce jour-là, il les traversait d'un pas allègre, le cœur joyeux, et très disposé à voir tout en rose. C'était d'ailleurs son humeur ; mais, il le faut le dire, la jolie teinte s'accentuait sensiblement après la leçon du mercredi, par la raison que, le mercredi étant la veille du jeudi, il reprenait le chemin de la maison avec la douce perspective d'un lendemain sans nuages... Demain, on prendrait des blaireaux : Venaud connaissait un terrier habité.

Ah ! la bonne journée de congé ! Pourvu que le beau temps continue !

Il considéra l'horizon... A droite, à gauche, devant et derrière lui, le ciel était gris, d'un gris noir qui semblait hésiter entre la pluie et la neige. Avec la meilleure volonté du monde, il était difficile de le voir très rose, et la preuve, c'est qu'André fronça un instant le sourcil ; mais ce ne fut pas long : il était décidé à espérer contre toute espérance.

« Bah ! dit-il tout haut, c'est la nuit qui vient ! D'ailleurs, j'ai le baromètre pour moi. Il montait ce matin. »

Et, sur la foi du baromètre, il retrouva son entrain.

Le nez en l'air et les mains dans ses poches, il accéléra encore le pas, sifflant comme un merle, selon sa mauvaise habitude.

Les allées de Maltaverne menaient au village, c'est vrai : mais après tant de détours, qu'il fallait les connaître comme André les connaissait pour ne pas s'y perdre, même au grand jour.

Il avait fait bien des zigzags, traversant l'une, enfilant l'autre, quand il se trouva enfin devant une espèce de rond-point entouré de barrières peintes en blanc.

Entre deux barrières, au bout d'une large avenue, s'élevait une grande façade blanche, percée d'une quantité de petites fenêtres : c'était Maltaverne.

André s'arrêta et regarda la maison.

Dans ses promenades solitaires, quand il ne sifflait pas il chantait, et quand il ne chantait pas il parlait tout haut.

Or, Maltaverne lui inspirait généralement le désir de se communiquer à lui-même ses impressions et réflexions. Sans savoir pourquoi, il mettait une sourdine à sa gaieté quand il longeait les grands murs de la maison triste, et, tout en s'irritant de cette influence mélancolique qu'il subissait malgré lui, il essayait inutilement de la braver : toujours la chanson commencée s'arrêtait au passage !... Il ralentit le pas, et, jusqu'au bout de l'allée, il marcha tête basse, comme on marche dans un cimetière...

Sur ce fond de nuages gris, dans le silence de ses grands bois déjà sombres, Maltaverne paraissait ce soir-là plus triste que jamais. André, immobile, semblait perdu dans une profonde méditation.

Pas un souffle dans les arbres... Pas un bruit dans la maison... Pas une lumière derrière les vitres... Comme cela ressemblait peu à la Louverie !

André se sentit frissonner ; puis tout à coup il se fâcha.

« Quel tombeau ! grommela-t-il ; comment peut-on vivre là dedans ?

« J'aimerais à y entrer en courant de toutes mes forces ; à crier à tue-tête dans les corridors ; à monter et à descendre l'escalier quatre à quatre ; à déranger tout, à casser quelque chose, à la remuer enfin, cette grande momie !... »

Il avait haussé le ton peu à peu, et, dans la solitude, sa voix lui parut résonner si fort qu'il se sentit un moment, et contre son habitude, un peu oppressé...

Aussi pourquoi restait-il là ?

Il avait fait un mouvement déjà pour se remettre en route, quand il s'arrêta net et se détourna vivement... Il venait d'entendre un soupir. Quelqu'un était là, tout près de lui !

« N'ayez pas peur, » dit une voix qui tremblait.

Peur !... le petit homme ne connaissait guère cette impression-là ; mais, profondément surpris de cette rencontre imprévue, il resta cloué à la même place, sans penser à dire un mot.

Il eut pourtant la présence d'esprit d'ôter son bonnet, et, tête nue, d'un geste machinal, il s'inclina devant la personne qui lui parlait.

Il ne faisait pas tout à fait nuit encore, et André put s'assurer que cette personne n'avait en effet rien de bien effrayant, comme sa voix le faisait supposer d'avance.

Il vit une femme en grand deuil, toute petite, avec une figure pâle et des yeux tristes, qui le regardaient attentivement, et, pour la première fois de sa vie, il fut intimidé et perdit son assurance.

Les braves gens du village, et même les amis de son parrain, lui reprochaient souvent d'être hardi comme un page, et d'avoir en général la langue trop vive ! Mais dans cette aventure il ne mérita pas ce reproche, et ses yeux se baissèrent sous le regard de la dame en noir. Il était bien doux pourtant, ce regard ; mais pourquoi prenait-il cette expression malheureuse à mesure qu'elle distinguait mieux la petite figure penchée devant elle ? Et maintenant voilà qu'il devenait presque sévère ! Pourquoi cette dame ne parlait-elle pas ? Lui en voulait-elle ? Mais de quoi était-il coupable ?...

Tout à coup, il devint très rouge.

C'était la fille de M. Rouveur, bien sûr... et elle avait entendu ce qu'il disait de Maltaverne !

C'est cela qui lui avait fait de la peine ; il le comprenait bien, lui qui ne permettait à personne de dire un mot contre sa chère Louverie !... Elle l'avait entendu !...

Alors, tout contrit :

« Madame, balbutia-t-il, je vous demande pardon... Je ne savais pas que vous étiez là ! Je trouve Maltaverne triste parce que... »

Il hésita, très embarrassé, cherchant une idée qui ne venait pas.

Il ne pouvait pourtant pas lui dire : « Parce qu'il est habité par un vieux monsieur malade, » puisque ce vieux monsieur était son père !

« Enfin, reprit-il, essayant d'en sortir, vous savez, madame... je le trouve triste parce que... parce que c'est une maison sans enfants ! »

Sa conscience étant plus à l'aise après cette habile excuse, il se hasarda à relever la tête... et resta pétrifié !

Qu'avait-il fait encore ?

La jeune femme agitait la main comme pour lui imposer silence ; ses lèvres tremblaient, et dans ses pauvres yeux tristes roulaient deux grosses larmes ! Il les vit tomber lentement sur ses joues pâles, tandis qu'elle essayait de reprendre son calme et de lui parler.

Personne ne pleurait à la Louverie ; on y venait pour s'amuser, et on y menait une vie rude et turbulente. La Futaie n'était rien moins

que sentimental, et la Broussaille n'avait pas l'âme tendre! Quant à
dame Claudine, si quelque chose clochait, elle se fâchait tout rouge
pendant quelques minutes; mais c'étaient des orages secs, qui se cal-
maient sans averse.

« Je trouve Maltaverne triste parce que... »

Pour lui, il n'avait jamais fait pleurer personne, à sa connaissance
du moins! Aussi la vue de ces larmes, qu'il venait de provoquer sans
le vouloir, le troubla-t-elle beaucoup.

Ce fut une sensation toute nouvelle pour lui : son cœur battit, sa
gorge se serra; il eut au coin des lèvres un mouvement involontaire;
mais il resta muet et interdit... Elle pleurait! il en était cause, et il
n'osait rien lui dire!

Pauvre petite femme! Elle avait un chagrin, c'était visible; mais comment oser le lui demander? Il ne la connaissait pas, et elle ressemblait si peu à ses amis de la Louverie ou de Sainte-Radegonde! Il se sentait si gauche et si timide devant elle!

Sans doute elle vit son émotion, car elle sécha ses yeux, et, sans parler encore, lui prit la main pour l'attirer plus près d'elle.

Alors il reprit un peu de son courage.

« Êtes-vous fâchée contre moi, madame? demanda-t-il d'une voix si douce que la Futaie ne l'eût pas reconnue.

— Fâchée! mon pauvre enfant, et pourquoi? »

La glace était rompue, il retrouva à peu près sa liberté d'esprit.

« Parce que je vous ai fait pleurer... Je vous ai fait de la peine... sans savoir comment. »

Elle secoua la tête.

« Ce n'est pas votre faute, dit-elle tout bas; j'étais triste d'avance; et quand vous avez dit... »

Elle s'interrompit, et tout à coup serra la main d'André si fortement qu'il la regarda avec surprise.

« Oh! murmura-t-elle d'une voix navrée, ma pensée... mon regret de tous les jours!... Ces pas, ces cris bruyants... ce joyeux désordre dans la pauvre maison sans enfants!... Mais comment a-t-il senti cette tristesse?... Et comment a-t-il compris que le bonheur... »

Et, prenant à deux mains la tête d'André, elle se pencha sur lui:

« Embrassez-moi, voulez-vous? » demanda-t-elle doucement.

On s'embrassait peu à la Louverie; ce n'est guère l'usage entre hommes. André était le camarade de tout le monde, mais il n'avait ni petite sœur ni maman, hélas! Ce fut donc encore chose toute nouvelle pour lui que ce baiser, demandé et rendu si tristement. Pauvre petite femme! elle paraissait à la fois heureuse et malheureuse en l'embrassant; il le voyait bien, et elle avait de la peine à retenir ses larmes.

Lui-même en fut tout remué.

« Les enfants qui ont une maman doivent être plus heureux que les autres ! » se dit-il avec un soupir.

Mais sa mère à lui ne ressemblait pas à cette jolie dame, si douce et si triste ; sa mère à lui ne l'aimait pas, puisqu'elle l'avait abandonné !

On ne lui parlait jamais de ses parents, mais il savait la vérité ; tant de fois la Futaie avait raconté son histoire devant lui, quand il était tout petit ; on pensait qu'il ne comprenait pas... qu'il oublierait ! Mais il n'avait rien oublié, ni de l'histoire ni des commentaires qu'elle soulevait chaque fois qu'on la répétait, et il comprenait si bien, qu'il évitait, autant que possible, d'en parler et même d'y penser !

Mais comment n'y pas penser dans ce moment ? Et alors la crainte lui vint d'être questionné par la dame et d'être obligé d'en parler ; aussi n'eut-il plus qu'un désir : mettre fin à cette entrevue.

Il regarda autour de lui, comme pour chercher sa route ; le bois s'assombrissait de plus en plus, et la dame parut effrayée en s'en apercevant.

« Oh ! dit-elle, il fait nuit, et vous voilà au milieu des bois ! Il faut rentrer bien vite ! »

Elle-même n'avait que quelques pas à faire pour se trouver chez elle ; mais, aux regards inquiets qu'elle jeta vers l'avenue, André vit bien qu'il ne lui serait pas agréable de les faire toute seule.

Alors, prenant tout à coup l'air protecteur d'un bon chevalier :

« Venez, madame, dit-il d'un ton redevenu net et décidé ; je vous conduirai jusque chez vous. »

Ce changement subit frappa la jeune femme ; elle fit un geste d'étonnement.

« Mais... dit-elle, hésitant à accepter cette offre, ce n'est peut-être pas votre chemin ?

— Moi ! s'écria-t-il en riant ; oh ! toute la forêt est mon chemin : je passe partout ! »

Et, sans plus de phrases, il se mit en marche au côté de cette faible femme, prêt à la défendre et à la protéger de toute sa force et de tout son courage.

Ils ne coururent, malheureusement, aucun danger : pas le moindre ennemi à pourfendre. Ils s'engagèrent paisiblement sous l'avenue, pour en sortir ensuite non moins paisiblement, et s'arrêter devant la porte de la grande maison. En route, ils causèrent beaucoup ; ou, pour mieux dire, André improvisa un long monologue qui ne nécessitait pas de réplique. Il se retrouvait dans son élément ; l'émotion de tout à l'heure avait fait place à l'aisance la plus parfaite, à la superbe assurance qui lui était habituelle.

« Me perdre ! s'était-il écrié d'un ton quelque peu dédaigneux, à une question inquiète de la jeune femme, ce serait curieux !... C'est comme si j'essayais de me perdre dans ma chambre ! »

Alors, en termes chaleureux, il dit son amitié pour sa vieille forêt ; comment il y passait sa vie ; comment il y trouvait tous ses plaisirs ; comment il la traverserait les yeux bandés, sans se tromper d'un sentier. Et il fournit tant de preuves à l'appui de son dire, que sa nouvelle amie ne se fit plus aucun scrupule d'avoir accepté la protection de ce brave petit homme des bois.

Elle n'essaya pas une seul fois d'interrompre ses confidences. De temps en temps, elle eut un sourire en les écoutant ; puis, malgré elle, à une pensée triste, elle soupirait et baissait la tête.

Ce silence ne gênait guère son petit compagnon. Il était tout à son sujet ; et quand il parlait de ses chers bois, rien ne pouvait l'arrêter. Il parlait pour lui, pour son agrément personnel, pour le plaisir d'égayer en passant les grands arbres, de répéter à ses vieux amis ce qu'il leur avait dit si souvent. Il écoutait sa propre musique et oubliait presque qu'un autre que lui l'entendait.

Pourtant, au bout de quelques instants, la jolie ritournelle s'arrêta : ils étaient devant la porte de Maltaverne.

Alors seulement la jeune femme lui fit cette question, qu'elle désirait depuis longtemps lui adresser :

« Où demeurez-vous ?

— A la Louverie, madame, » dit-il.

Et redoutant, cette fois encore, les questions qui suivraient naturellement celle-ci, il ajouta, un peu plus brusquement peut-être que ne l'eût fait un parfait chevalier :

« La porte est ouverte : adieu, madame ! »

Et il lui laissa à peine le temps de lui dire merci.

V

La Louverie étant le temple de la liberté, l'exactitude n'y a pas le plus petit autel, et cette qualité est l'apanage exclusif de dame Claudine, seule tenue de l'exercer.

« Un chasseur a le droit de se faire attendre, mais non le dîner d'un chasseur ! »

C'est un axiome de la Louverie : aussi dame Claudine a-t-elle dû prendre son parti de voir, à ce jeu, ses sauces tarir dans la casserole et ses rôtis se calciner sur la broche.

« Heureusement, dit-elle, ils rentrent tous si affamés qu'ils ne savent même pas ce qu'ils mangent ! »

André était donc sûr de l'impunité quand il s'attardait dans les bois ; et s'il pressa le pas en rentrant, ce soir-là, c'était pour la seule et unique raison qu'il mourait de faim.

La Futaie, qui l'entendit approcher, accourut au-devant de lui :

« Vite, dit-il ; ces messieurs sont tous rentrés, et le dîner est sonné.

— Tant mieux, cria André, sans se troubler autrement à l'idée qu'il arrivait le dernier : j'ai une faim de loup ! »

Et enjambant les marches du perron :

« Le temps est très couvert, reprit-il ; crois-tu qu'il pleuvra demain ?

— Non, non, le vent tourne.

— Tant mieux ! » répéta André du même ton satisfait.

Puis il disparut rapidement dans la maison.

Cinq minutes plus tard, les cheveux brossés, les mains irréprochables, il prenait sa place habituelle entre M. Laurès et York, un ami très cher : son épagneul noir et feu, dont parrain voulait bien « ignorer » la présence à l'un des bouts de la table.

« Eh bien, gringalet, dit M. Laurès, son ennemi intime, nous avons fait l'école buissonnière, il me semble ?

— Pas tout à fait, répondit André avec un sourire : j'ai pris ma leçon d'abord ; seulement, pour revenir... »

Il s'interrompit, et regardant M. Dellerin :

« Je suis rentré par Maltaverne, et devinez qui j'ai rencontré, parrain !

— Le Juif errant ! dit M. Laurès.

— M. Rouveur ? demanda le parrain.

— Non, c'est une dame... une dame en deuil...

— Mme de Peyres, alors ; M. Rouveur l'attendait ces jours-ci.

— Qui est Mme de Peyres ? demanda un ami.

— La fille de M. Rouveur.

— Et vous la connaissez ?

— Très peu. Elle n'est revenue à Maltaverne qu'une ou deux fois depuis son mariage : elle avait épousé un diplomate et vivait à l'étranger.

— Elle est veuve ?

— Oui, depuis six mois, et maintenant elle revient demeurer chez son père.

— A-t-elle des enfants ? demanda M. Laurès.

— Non, » cria vivement André.

Puis il se tut, un peu embarrassé. Qu'en savait-il, après tout ?

« Non, dit son parrain en même temps que lui ; elle en a perdu un, tout jeune, d'une mort affreuse ! »

André sentit son cœur se serrer; c'est pour cela qu'il lui avait fait tant de peine en parlant de la maison sans enfants ! S'il avait su !...

Et, ses yeux tout grands ouverts, il écouta.

Mais M. Dellerin s'était tu.

Alors, tout pâle, la voix tremblante :

« Comment est-il mort? demanda-t-il. Parrain, dites-le-moi ! »

Son émotion surprit M. Laurès.

« Qu'est-ce qui te prend? » fit-il.

Mais André ne l'entendit pas.

« Dites-le-moi, parrain, reprit-il d'un ton pressant.

— Il est mort brûlé par sa nourrice et avec sa nourrice, » dit M. Dellerin, étonné aussi de l'intérêt qu'André, peu curieux d'ordinaire, apportait à cette question.

André eut tout à coup devant les yeux la figure triste de Mme de Peyres.

« C'est affreux ! » murmura-t-il.

Et, baissant la tête pour cacher son trouble :

« Y a-t-il longtemps, parrain? reprit-il.

— Une dizaine d'années, peut-être. C'était... »

M. Laurès, se tournant vers lui, l'interrompit vivement :

« Pas d'histoires tristes à table, s'écria-t-il ; cela donne le cauchemar !... A quelle heure partirons-nous demain? »

Cette question, qui intéressait tout le monde, trouva de l'écho.

« Au fait ! s'écria un autre en riant, si nous parlions chasse... une fois par hasard ! »

Et l'on parla chasse, et André, qui avait toujours de sages conseils à donner et de bons renseignements à fournir, disait M. Laurès, André fut si bien mis à contribution par son ennemi intime, que, de toute la soirée, il n'eut plus une occasion de revenir à l'histoire du pauvre petit enfant brûlé. Les chasseurs sont gens du matin et ne prolongent guère leurs veillées ; aussi, dès que le thème ordinaire fut épuisé et

que, pour la dixième fois, tout fut réglé et convenu pour le lendemain, chacun se leva et alluma son bougeoir pour rentrer dans sa
chambre. On montait l'escalier en procession; puis, à mesure qu'on
s'égrenait de porte en porte, le long du vestibule, on se criait gaie-

Il tendait poliment la patte à son maître.

ment bonsoir! André, logeant tout au fond, restait le dernier avec
York, qui, par faveur spéciale, avait aussi son appartement au premier : une peau de sanglier étendue pour son usage, dans un petit coin
noir, près d'André.

Tous les soirs, avant de s'y établir, il tendait poliment la patte à
son maître, qui la pressait avec affection en lui souhaitant une bonne
nuit.

C'était le dernier bonsoir; puis le grand vestibule redevenait silencieux; l'une après l'autre les bougies s'éteignaient, l'un après l'autre les chasseurs s'endormaient... Alors un ronflement, d'abord timide, se gonflait peu à peu et venait résonner dans le vestibule sonore; puis, de l'une des chambres, un autre lui répondait, plus retentissant encore; un troisième les croisait, et bientôt c'était un chœur où chaque dormeur faisait sa partie.

« Musique de chambre ! » disait en riant M. Dellerin, qui seul avait le sommeil léger.

Ce concert-là, André ne l'avait jamais entendu, par la bonne raison qu'il était toujours le premier endormi de la bande et qu'il ne connaissait l'insomnie que de réputation. Il aurait fait un mauvais astronome, car ses huit heures de sommeil n'étaient pas de trop, après les violents exercices de la journée.

Aussi s'étonnait-il souvent qu'on pût rester plus de cinq minutes la tête sur l'oreiller sans dormir. Pourtant, ce soir-là (et c'était la première fois depuis sa rougeole) il entendit deux fois la sonnerie de l'horloge; cela représentait plus d'une demi-heure de méditation; c'était beaucoup, étant donné l'heure et le lieu !

Dans le silence et l'obscurité, du fond de son lit bien chaud, les yeux fermés, sous ses couvertures remontées jusqu'aux oreilles, il retrouvait tous les détails de cette singulière entrevue au rond-point de Maltaverne.

Sa rencontre avec Mme de Peyres lui mettait en tête toutes sortes de réflexions, d'idées qu'il avait peine à débrouiller, tant elles étaient nouvelles pour lui, de regrets qu'il n'avait jamais ressentis jusque-là, et que pour rien au monde il n'eût avoués à quelqu'un de son entourage.

Il aurait pu avoir une maman comme celle-là !... Une maman jolie et douce qui lui aurait parlé tendrement comme « elle » lui avait parlé; qui l'embrasserait toujours comme « elle » l'avait embrassé !

« Si je la connaissais, se dit André, je serais très gentil avec elle ;
j'essayerais de la consoler ; je lui tiendrais compagnie pour la distraire. »

Puis un doute vint traverser ces bonnes résolutions :

« Compagnie ! c'est beaucoup dire !... Je suis mal élevé, je le sais
bien : violent, tapageur, turbulent, et brusque comme un sanglier.
M. Laurès me le répète assez souvent. Elle n'aimerait pas cela. »

Il était plein de contrition d'abord, en faisant cet examen de conscience, et c'est avec un soupir qu'il reprit en lui-même :

« Les enfants bien élevés ont d'autres manières... d'autres habitudes... Ils vivent autrement que moi !... »

C'était très bien !... Malheureusement, voilà que, sur cette dernière
réflexion, le naturel revint au galop.

« Comme ils doivent s'ennuyer ! murmura-t-il en parenthèse. Moi, je
ne saurais pas rester tranquille avec « elle » dans un salon ! (Cette
seule pensée l'étouffant, il descendit ses couvertures jusqu'au menton.)
Non, bien sûr !

« Et je ne saurais rien lui dire : la chasse et mon chien, cela ne
l'intéresserait pas, sans doute. Mes leçons ?... Ce n'est pas amusant
du tout... excepté pour les vraies mamans peut-être ! »

Et, dans son humilité, il eût désespéré de faire agréer ses attentions,
si une pensée consolante ne fût venue, tout à coup, à son secours.

« Elle a peur en forêt... »

D'abord il ne put s'empêcher de sourire à cette idée ; puis, avec un
mouvement de douce pitié, il trouva une excuse à cette faiblesse de
sa protégée.

« C'est une femme, après tout ! et elle n'a pas l'habitude... Eh
bien, si elle voulait, j'irais la chercher, je lui montrerais tous les
chemins, nous ferions de grandes promenades, et ce serait toujours
moins triste pour elle que de rester toute seule avec ses idées noires ! »

Quelle bonne pensée ! Mais... reste à savoir si les promenades favo-
rites d'André seraient du goût de sa future amie !

Ces coins sauvages, ces petits sentiers sous bois, ces fossés à sauter dans l'épaisseur des fourrés, avec des épines qui vous égratignent les mains, et des branches qui vous cinglent les oreilles... tout le monde n'aime pas cela ! Et Mme de Peyres... Non, décidément, il ne la conduirait que dans les bonnes allées, et il marcherait posément près d'elle, comme dans la grande avenue de Maltaverne.

« Seulement, pensa-t-il en évoquant ce souvenir, si elle me regarde encore comme ce soir, je n'oserai jamais plus lui parler. »

Alors il chercha, mais vainement, à se rendre compte de l'expression particulière de ce regard qui le poursuivait; ses idées commençaient à n'être plus nettes... ses paupières devenaient lourdes... Sa tête s'enfonça dans l'oreiller... Il se trouvait maintenant devant la porte de Maltaverne... Elle venait à lui en disant : « N'ayez pas peur; bonsoir, mon enfant !... » Il se redressa brusquement et regarda autour de lui; puis, se retournant :

« Je rêve déjà, » murmura-t-il.

Tout à coup ses yeux se rouvrirent; il prêta l'oreille une seconde, puis éclatant de rire :

« Font-ils un bruit !... dit-il tout haut. Je voudrais bien savoir si je ronfle comme cela ! »

York sembla protester par un grognement sourd.

« Ça l'agace ! » murmura André.

Et l'appelant à travers la porte :

« York, dit-il à demi-voix, kss... kss... »

Le chien s'élança au milieu du vestibule et poussa un aboiement furieux.

« Bravo ! » fit André, ravi.

Il avait réussi : tout le monde s'était tu comme par enchantement.

Mais un poing frappa le mur à coups redoublés, et la voix de M. Laurès, son plus proche voisin, cria, terrible :

4

« Allez-vous finir tous les deux ? Rappelle ton chien, ou je le mets dehors. »

York comprit, et, tout penaud, retourna à sa place, pendant qu'André étouffait de rire sous ses couvertures.

« J'aurai une scène demain, se dit-il ; mais cela m'est égal : c'était trop drôle ! »

Et, les foudres de M. Laurès suspendues sur sa tête, il s'endormit paisiblement, sans le moindre repentir de sa mauvaise plaisanterie.

VI

« Quel vacarme là dedans !... Ça va ! ça va !... Aïe !... Krick a reçu un atout !... »

Et Venaud, le garde, piochait avec vigueur, tout en communiquant ses remarques à « ces messieurs », groupés autour de lui.

André ne tenait pas en place ; pour un peu, il se serait glissé dans le terrier, à la suite du petit chien, pour lui porter secours.

Quand Venaud s'arrêta un moment pour reprendre haleine, André s'empara de la pioche et se mit à creuser à son tour, en criant à tue-tête à l'entrée du souterrain où se livrait la bataille :

« Hardi, mon Krick, hardi !... Mords-le !... mords-le ! »

Et, s'excitant du même coup, comme si l'encouragement était pour lui, il maniait la pioche avec un tel entrain qu'il dut bientôt s'avouer hors de combat.

Venaud, lui retirant son outil, se remit à la besogne, tandis qu'André, essoufflé, le front ruisselant, tombait assis sur ses talons.

Mais la chasse ne perdait rien de son intérêt pour lui, et sa voix, enrouée par la fatigue, exhortait sans cesse au courage le petit Krick, qui se débattait là-bas, tout au fond du terrier.

M. Laurès, moins excité, fumait une grosse pipe, en attendant le dernier acte du drame. Il regarda André avec un sourire narquois.

« Calme-toi ! lui dit-il ; tu deviens nerveux. »

C'était vrai ; mais André se contenta de sourire en haussant l'épaule, tout en criant de plus belle :

« Hardi, mon chien !... tiens bon !...

— Au fait ! reprit tout à coup M. Laurès, nous avons un compte à régler tous les deux : je l'oubliais. »

Étant descendu le dernier pour le déjeuner, il n'avait pas vu André, parti en avant avec le garde.

André lui fit signe de se taire.

« Attendez, dit-il ; je n'entends plus Krick.

— Ta, ta ! dit M. Laurès en riant, ne changeons pas la conversation. »

Alors André, réellement inquiet du brave petit terrier, se retourna, exaspéré :

« Ce n'est pas le moment ; cria-t-il ; taisez-vous !...

— André !... dit sévèrement M. Dellerin.

— Ceci est un peu fort ! dit M. Laurès d'un ton sec. Que diriez-vous, mon jeune monsieur, si, pour vous apprendre la politesse, je vous tirais les oreilles ? »

Il s'avançait menaçant. André se releva d'un bond, et, le regardant d'un air de défi :

« Ne me touchez pas ! » dit-il d'une voix devenue tremblante.

La plaisanterie finissait mal. Il avait compté sur une scène, mais elle tournait tout autrement qu'il ne l'aurait cru.

« André ! » cria encore M. Dellerin, pour le rappeler à l'ordre.

André tourna vers lui ses yeux brillants de colère :

« Il n'a pas le droit de me toucher, répéta-t-il ; je ne le permettrai pas ! »

M. Laurès était le plus jeune parmi les hôtes de la Louverie ; il se laissa, à son tour, emporter par la colère... Saisissant le bras d'André :

« Permettre ! s'écria-t-il violemment. Penses-tu que j'attendrai ta permission ?... Tu vas me faire des excuses immédiatement, sinon...! »

André, le sourcil froncé, les lèvres pincées, avait « son air pas commode », comme disait la Futaie ; il ne fit pas un mouvement.

« Penses-tu que j'attendrai ta permission? »

M. Dellerin, de plus en plus mécontent, intervint alors.

« André, excuse-toi, dit-il ; je ne tolérerai pas que tu fasses des scènes aussi inconvenantes. »

André regarda M. Laurès.

« Lâchez-moi ! » fit-il d'une voix étouffée.

L'autre serra son bras plus fortement, au contraire :

« Non, dit-il, tu céderas !... Fais-moi des excuses !... »

Et, l'obstination d'André le mettant hors de lui :

« Ah ! tu veux me tenir tête ! cria-t-il en le serrant avec fureur. Voyez-vous ce personnage !... Il résiste même à son parrain !... Mauvaise petite graine, va !... Tu oublies... ! »

Il n'alla pas plus loin.

André le regardait en face, et, sous ce regard, M. Laurès se tut involontairement et laissa retomber son bras.

Ce n'était plus du tout le regard d'un enfant violent et obstiné, et il se sentit, malgré lui, aussi embarrassé que s'il venait d'insulter un homme.

Il y eut un moment de silence ; Venaud avait cessé de piocher ; tous les yeux étaient fixés sur eux.

« J'oublie quoi ? » demanda André, très pâle, mais en redressant la tête.

M. Dellerin vint à lui avec inquiétude ; mais l'enfant était devenu calme subitement.

Reculant d'un pas, il reprit, d'un ton froid, presque méprisant :

« C'est lâche de m'avoir dit cela pour me faire céder ! »

Et, tournant sur ses talons, il se jeta sous bois et s'éloigna.

Son parrain l'appela inutilement : il ne voulut pas entendre et disparut bientôt au détour d'un petit sentier.

André était l'idole des gens de la Louverie, aussi Venaud jeta-t-il un regard de travers à M. Laurès ; mais c'est tout ce qu'il pouvait faire, et il se remit à la besogne, en grommelant dans sa barbe quelques mots inintelligibles.

Les autres, un peu gênés malgré tout, voulurent prendre la chose plus légèrement.

« Quelle tête ! s'écria l'un d'eux, et, il n'y a pas à dire, Laurès, mon ami, tu n'as pas eu le dernier mot !

— Il l'aura, dit M. Dellerin sérieusement; ce n'est pas fini ! »

La voix de Krick, résonnant de nouveau dans le terrier, ramena sur lui l'attention générale, et il ne fut plus question de cette sotte querelle.

André était rentré à la Louverie. Il monta droit à sa chambre et ne se fit voir à personne; il avait en horreur les questions et les explications, et, tout naturellement, la Futaie et Claudine voudraient savoir à quelles causes se rattachait un phénomène aussi extraordinaire : sa rentrée au logis avant la fin d'une chasse.

Il eut tout le temps de réfléchir à son équipée avant le retour de ses compagnons. Assis devant sa table de travail (la place qu'il détestait le plus au monde), il s'y accouda et resta longtemps immobile, plongé dans de tristes pensées; mais, il faut le dire, tout en lui exprimait le ressentiment bien plus que le remords.

D'ordinaire il se tirait à bon compte des fâcheuses aventures où sa mauvaise tête le jetait souvent. Il était puni, naturellement, subissait sa peine, et n'y pensait plus.

Mais cette fois c'était bien différent. Il avait été profondément humilié !

Peut-être, en d'autres circonstances, n'eût-il pas prêté à M. Laurès une intention blessante, ou peut-être n'eût-il pas osé la relever de cette façon. Mais, par malheur, il se trouvait justement sous l'influence de ses tristes réflexions, et des nouveaux regrets que l'incident de la veille avait éveillés en lui.

Près de Mme de Peyres, il avait pu se figurer un bonheur qui lui était refusé, et jamais il n'avait songé avec plus d'amertume à l'abandon de ses parents !... Jamais aussi il n'avait plus souffert à la pensée de ce qu'ils étaient. Il ne savait que trop comment on les jugeait; mais de quel droit M. Laurès se permettait-il des allusions que tous, jusqu'ici, lui avaient épargnées ?...

Les chasseurs ne revinrent qu'à la nuit tombante. Il les entendit

dans la cour, et, se levant tout transi et engourdi de sa longue immo-
bilité, il vint s'appuyer mélancoliquement à sa fenêtre, en se cachant
de son mieux derrière le rideau.

Venaud appela la Futaie pour lui montrer la victime, un énorme
blaireau, et André entendit, à travers ses vitres, les louanges una-
nimes adressées au vaillant Krick, qui avait payé sa victoire de
nombreux coups de dents et de griffes.

Enfin vint la question qu'André attendait depuis un instant.

« Où est le petit ? demanda la Futaie, surpris de ne pas le trouver,
suivant l'usage, au premier rang.

— Vous ne l'avez donc pas vu ? s'écria Venaud ; il y a longtemps
qu'il nous a quittés !

— Quittés !... avant la fin ?... — et jamais la voix de la Futaie
n'eut un accent plus stupéfait. — Comment ?... Pourquoi ? »

Venaud baissa le ton, et André ne put entendre sa réponse.

Quelques instants plus tard, on vint le prévenir que M. Dellerin
l'attendait dans sa chambre.

Il le trouva adossé à la cheminée, l'air soucieux.

« Une figure de sermon ! » se dit André.

Pourtant il s'avança sans hésitation, sans le moindre embarras, et,
debout devant son parrain, les yeux levés, les mains dans ses poches :

« Je sais que vous allez me gronder, parrain, dit-il, engageant le
premier la discussion ; mais, si j'ai eu des torts, il en a eu plus que moi. »

« Barre de fer ! » pensa M. Dellerin.

Mais il le connaissait trop bien pour s'étonner de son aplomb, et,
tout haut, il se contenta de dire seulement, d'un ton froid :

« Vraiment ?... »

André ne se démonta pas et reprit du même ton :

« Cela me coûtait de lui faire des excuses ; pourtant je lui en
aurais fait !... Vrai, parrain... parce que vous me le demandiez et
parce que je n'avais pas été poli ; je le reconnais. Mais... »

Il s'arrêta une seconde et respira comme si le souffle lui manquait.

« Mais... après... je ne pouvais plus !...' Il a été trop brutal !... Je vous demande pardon à vous, parrain ; je suis fâché de vous avoir contrarié ; mais, pour lui... ! »

Il avait perdu son beau sang-froid. Malgré tous ses efforts pour raffermir sa voix, il ne put continuer ; ses mains n'étaient plus dans ses poches, comme au début du plaidoyer, et elles tremblaient si fort maintenant qu'il les cacha derrière son dos, de peur que son parrain ne s'en aperçût.

M. Dellerin ne chercha pas à lui venir en aide. Il attendait, toujours silencieux, suivant de l'œil le petit homme qui marchait nerveusement à travers la chambre.

Enfin André, s'arrêtant, reprit sa place devant lui :

« J'admets, dit-il d'un ton plus calme, que les enfants ont besoin quelquefois d'être grondés.

— C'est heureux ! murmura ironiquement le parrain.

— Moi plus souvent qu'un autre, continua André, puisque j'ai une mauvaise tête et je ne sais combien de défauts ; mais je n'admets pas...

— Tu n'admets pas...? » répéta le parrain, toujours ironique.

André devint très rouge et baissa la tête ; puis, relevant sur M. Dellerin un regard anxieux :

« Parrain, murmura-t-il, soyez juste ! Ne me dites pas que vous l'approuvez : je ne pourrais pas vous croire ! »

M. Dellerin devint sérieux ; et comme il ne répondait rien, curieux de l'entendre s'expliquer, André s'écria violemment :

— Alors, il a bien fait ? Et parce que je suis un enfant, sous prétexte de me gronder, on a le droit de me jeter en face, comme une insulte, que mes parents... »

D'un geste, M. Dellerin lui imposa silence.

Décidément, il fallait renoncer, cette fois, à traiter en enfant ce garçon de douze ans, qui sentait et raisonnait devant lui comme un homme.

« A quoi vas-tu penser là? s'écria-t-il, et que t'es-tu imaginé? »

Alors, prenant dans les siennes les petites mains tremblantes :

« Écoute-moi, reprit-il ; tu as reconnu tes torts, n'en parlons plus. Je ne te dirai pas que j'approuve la violence de Laurès, car je veux être *juste* (et il appuya sur le mot); mais je suis persuadé qu'il n'a pas eu l'intention que tu lui prêtes : tu l'as mal compris... Nous arrangerons cela... Mais pourquoi regardes-tu comme une injure qu'on te parle de tes parents? continua le parrain, qui l'examinait avec attention. Es-tu honteux d'être le fils d'un pauvre charbonnier? »

André secoua la tête, et, sans répondre autrement, essaya de dégager ses mains; mais son parrain les retint fortement, et se baissant sur lui :

« Réponds-moi, dit-il.

— Non, dit enfin André d'une voix triste, ce n'est pas cela... Mais laissez-moi, parrain, — et il détourna la tête, —-je... j'aimerais mieux ne pas vous le dire! »

M. Dellerin ne voulut pas insister, et lui rendant la liberté :

« Comme tu voudras, mon enfant, » dit-il avec douceur.

Alors André craignit de l'avoir froissé et, surmontant sa répugnance, il reprit avec agitation :

« Mais, parrain, vous devez bien comprendre!... J'ai honte, parce que ce ne sont pas de braves gens; je sais bien que tout le monde ici les méprise!... J'ai honte, parce qu'ils ont été de mauvais parents; parce qu'ils m'ont abandonné!... Oh! parrain!... »

Les larmes le suffoquaient; il se jeta sur un fauteuil, cachant ses joues brûlantes contre le haut dossier.

M. Dellerin se glissa près de lui et le mit de force sur ses genoux.

« Voyons, murmura-t-il, ne te désole pas, ne te tourmente pas de cette idée. Aimerais-tu quitter la Louverie? Veux-tu que je t'emmène à Paris, dans un collège?

— Non, non, fit André, qui sanglotait sur son épaule; j'aime mieux rester avec vous... Oh! parrain, je serais si heureux, si je n'étais pas leur fils !

— Tais-toi !... ne juge pas tes parents; ne pense plus à cela, mon pauvre garçon !... Tu sais bien que tout le monde t'aime ici. Nous resterons ensemble comme de vieux amis; tu travailleras, tu deviendras un honnête homme, et personne n'aura un mot à dire à mon fils d'adoption ! »

Et comme André se serrait contre lui, il caressa doucement sa joue, mais sans parler plus longtemps, le laissant se remettre de son émotion.

Après un instant de silence, comme la cloche sonnait, André se leva.

Ses yeux étaient secs, mais ses joues restaient rouges et brûlantes, et de temps en temps un sanglot le secouait encore.

« Voulez-vous me permettre de ne pas descendre, parrain ? dit-il; j'ai mal à la tête, et puis... je ne voudrais pas *lui* laisser voir que j'ai pleuré. »

M. Dellerin eut pitié de sa pauvre petite mine défaite.

« Va, dit-il, et couche-toi, tu es fatigué ! Je t'enverrai Claudine. »

Il n'entrait pas dans leurs habitudes de se faire de grandes démonstrations de tendresse.

« Merci, parrain, dit André en tendant la joue, et bonsoir. »

M. Dellerin l'embrassa en disant seulement :

« Bonsoir, mon petit ! »

Mais sa voix était plus affectueuse que de coutume, et André le sentit bien.

Il quitta la chambre, et M. Dellerin, oubliant que ses amis l'attendaient en bas, reprit sa première position devant la cheminée, l'air plus soucieux encore que tout à l'heure.

Bientôt on frappa à la porte; dame Claudine venait relancer et presser le retardataire.

« Monsieur n'a pas entendu sonner ? » dit-elle d'un ton suave et discret, ne sachant pas si son maître était seul.

Puis remarquant aussitôt son air préoccupé :

« Tu as quelque chose ! s'écria-t-elle, inquiète. »

Et, sans plus se soucier de l'appétit des convives, soumis à son bon plaisir, elle referma la porte derrière elle, et vivement :

« Qu'est-ce que c'est ? » demanda-t-elle.

En quelques mots, son maître la mit au courant de tout ce qui s'était passé.

« Pas possible ! s'écria Claudine, stupéfaite. Aurait-on cru que ce marmot avait en tête de pareilles idées ? Où a-t-il pris cela ? »

Puis, réfléchissant un instant :

« Dame ! reprit-elle, il pousse, il s'instruit, et il se met à penser, sans qu'on y prenne garde. Nous ne pouvons pas empêcher cela !

— Te rappelles-tu ce que tu me disais, Claudine ? Est-ce un bien, est-ce un mal pour lui, de l'élever comme cela ? Je me fais encore cette question. Il souffre aujourd'hui de l'abandon de ses parents ; il souffre de les savoir méprisables, et si je l'avais laissé... »

Claudine interrompit son maître, suivant une vieille habitude, incorrigible maintenant.

« Non, non, dit-elle vivement, il n'y a pas de ta faute ! C'est son caractère qui est cause de tout : il est fier comme Artaban pour certaines choses, et il a des susceptibilités qu'on ne voudrait pas croire d'un enfant... Et ce n'est pas sa faute non plus : c'est de vivre toujours avec des hommes qui lui a fait ce caractère-là. Personne n'y peut rien, et, après tout, il a encore eu de la chance de tomber entre tes mains, pauvre petit abandonné !

— Va le trouver, dit M. Dellerin, mais ne lui parle pas de tout cela s'il ne t'en dit rien.

— Sois tranquille ! fit la brave femme. Je connais trop bien mon petit particulier pour m'y risquer, et je sais d'avance qu'il ne me dira rien. Et même, là-dessus, nous aurions dû nous douter de la chose, nous autres. Dès qu’on parlait de lui ou de ses parents, il soupirait, et, sans dire ouf ! il tournait les talons, pauvre chat !... »

Voyant son maître allumer son bougeoir, elle ouvrit la porte.

« Je vais servir ces messieurs, dit-elle, et après je lui monterai un potage. »

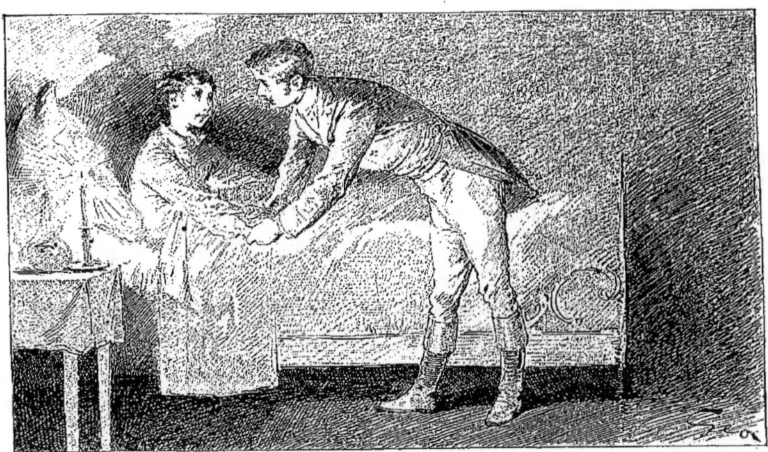

« Tu es malade? » dit M. Laurès.

Claudine avait présumé juste : tout ce qu’elle apprit de son « petit particulier », c’est qu’il avait la migraine, qu’il n’avait pas faim, et qu’il voulait dormir.

Il n’accepta qu’une tasse de bouillon, et, après un remerciement prononcé d’une voix dolente, il se tourna du côté du mur, pour être dispensé d’une longue conversation.

Une heure se passa. Sa tête lui faisait réellement mal, et la douleur physique engourdit peu à peu la douleur morale. D’ailleurs, son irritation, déjà calmée sous les paroles consolantes de son parrain, faisait place à la réflexion, et, dans sa solitude, le souvenir de la vilaine scène du tantôt le rendait tout confus.

Son pouls battait, ses mains étaient brûlantes, il ne pouvait s'endormir. Aussi, entendant du bruit à sa porte et pensant que c'était son chien qui le cherchait, il cria, pour le rassurer, et surtout pour se sentir lui-même moins seul :

« Bonsoir, York ! »

Mais ce n'était pas York, car la porte s'ouvrit.

M. Laurès entra.

« Oh ! fit André » en sursautant malgré lui.

Impossible de faire semblant de dormir, après ce malencontreux bonsoir.

« Tu es malade ? dit M. Laurès, qui s'avançait sur la pointe du pied.

— Un peu !... Ce n'est rien !... » balbutia André, quelque peu troublé.

Mais son adversaire était à peine à son chevet que, déjà remis, et touché de cette visite qui annonçait des intentions amicales, André avait pris une bonne résolution.

« Il vient à moi dès ce soir, se dit-il, et c'est moi qui avais commencé ! »

Sa rancune ne put tenir contre un tel procédé. Alors, sans préambule, à sa façon :

« Monsieur Laurès, dit-il, je regrette de vous avoir parlé si...

— C'est bon, c'est fini !... qu'il n'en soit plus question, dit vivement M. Laurès ; seulement tu entendras ce que je voulais te dire tantôt : c'est que tu oublies qu'un simple galopin comme toi nous doit égards et respect, et que tu en manques absolument... »

Un silence gênant suivit cette déclaration.

André s'était soulevé sur le coude, et son regard indécis, incrédule, interrogeait encore.

M. Laurès lui tendit la main, et reprenant son discours :

« J'accepte tes excuses, dit-il, et, en échange, je suis prêt à retirer le mot « galopin ». Sommes-nous amis ou ennemis ? »

Il mit tant de cordialité dans cette question, qu'André aurait eu mauvaise grâce à refuser la main offerte et la paix proposée ; il sourit.

« Ennemis intimes, comme avant, dit-il avec malice.

— C'est entendu ! s'écria M. Laurès ; mais je vois qu'alors il me faut renoncer à ton respect. »

André regarda la fine moustache tout nouvellement éclose sur la lèvre de son grand camarade.

« J'en ai peur, » dit-il en riant.

Cette réconciliation le calma un peu, et il s'efforça de ne plus penser à une querelle définitivement et heureusement terminée ; mais il resta longtemps éveillé encore, et, comme une obsession, dans sa tête fatiguée par la fièvre, cette phrase se logea, revenant sans cesse malgré lui :

« Je serais si heureux si je n'étais pas leur fils !... »

Et alors de tristes questions suivirent :

« Pourquoi M{{me}} de Peyres avait-elle perdu son petit enfant, puisqu'elle l'aimait ? Elle ne l'aurait pas abandonné, elle !... Et maintenant la voilà sans enfant, tandis que lui est sans mère !... Pourquoi les choses s'arrangent-elles si mal dans ce monde ?... »

VII

« Monsieur, j'ai eu connaissance d'un grand cerf que je juge dix cors ; je lui ai fait suite, j'ai tourné tros enceintes et, sauf erreur, je le laisse dans la dernière, à la mare du Palis. »

La Futaie, sa toque à la main, faisait son rapport au maître de l'équipage, qui arrivait au rendez-vous.

La matinée s'annonçait bien ; ni pluie, ni vent, ni soleil : un vrai temps de chasseurs.

On avait un cerf : on le prendrait ; pour André, cela ne faisait pas l'ombre d'un doute.

Ses yeux brillaient ; la bise du matin lui donnait de belles couleurs ; plus de pensées tristes, pas de leçon aujourd'hui. Le plaisir seulement, et quel plaisir !...

Se sentir emporté à travers bois, vite, vite... dans l'air piquant ; l'excitation de la poursuite, les émotions de la lutte, la voix de la meute, le bruit des fanfares...

Un grand cerf ! Son cœur bondissait en écoutant le rapport.

« Ces messieurs » en costume de chasse, habit rouge et toque de velours, étaient rangés en cercle autour de la Futaie. Il y eut quelques minutes de discussion, après quoi le piqueur se tourna vers André :

« Viens-tu ? » murmura-t-il.

Et tous deux disparurent sous bois.

Les toutous, attachés deux à deux, les uns couchés, les autres debout, attendaient patiemment, gardés à vue par le valet de chiens, dont le fouet maintenait le bon ordre.

Les meilleurs ne se trouvaient plus là : Fergus, Roméo et Bataclan étaient déjà à l'œuvre. On entendit bientôt leurs voix, du côté où ils avaient disparu ; puis la trompe de la Futaie résonna dans le taillis, appuyant les chiens et les encourageant, et le reste de la meute commença à s'agiter.

Une demi-heure plus tard, tous, moins les chiens de relai, étaient découplés et donnaient à leur tour. Le cerf était lancé.

André, qui ne quittait pas la Futaie plus que son ombre, se trouva en même temps que lui à l'extrémité de l'enceinte.

« Taïaut ! » cria-t-il tout à coup d'une voix retentissante.

Il avait vu le cerf sauter au milieu d'un sentier.

En même temps, la Futaie, embouchant son cor, sonnait la vue, et tous les chasseurs, prenant le galop, s'engagèrent à sa suite dans l'allée qui longeait l'enceinte où l'animal était entré.

La forêt semblait en fête... Après une lutte de quelques heures contre les nuages, le soleil, triomphant sur toute la ligne, brillait de son mieux, et, quoique un peu pâle, faisait bonne figure encore pour un soleil de novembre.

Dans les bois de Maltaverne, les merles sifflaient, les pies effrontées descendaient à terre à grand fracas, sautillant de-ci de-là, d'un air important, pour remonter ensuite dans les branches, avec le même bruit et les mêmes embarras.

Les écureuils ne perdaient pas une minute ; toutes les petites bêtes couraient à leurs affaires, actives, pressées, franchissant les crevasses, gravissant les collines, tournant les précipices, comme si le sort du pays dépendait de leur zèle !

Rien n'inquiétait ces loisirs, ne troublait ces occupations ; la terrible chevauchée, les cris, le tumulte, tout cela se passait bien loin, à l'autre bout de la forêt... le bout du monde pour les innocentes bestioles de Maltaverne.

Ici tout était calme, et la grande maison muette comme toujours. Pourtant, vers le milieu de la journée, la « momie », comme l'appelait André, sembla s'éveiller, elle aussi, sous l'influence du soleil. Une fenêtre s'ouvrit; Mme de Peyres y parut un moment, puis elle se retira; mais, quelques instants plus tard, les vieux chevaux de M. Rouveur furent attelés à sa voiture : il avait consenti à accompagner sa fille dans une promenade.

Les chevaux s'engagèrent sous l'avenue d'une allure calme et mesurée qui aurait fait bouillir d'impatience le sang d'André, mais que personne dans la voiture ne songea à activer. M. Rouveur, faible et souffrant, se trouvait là aussi à l'aise que dans son fauteuil et ne demandait rien de plus; sa fille, essayant de secouer ses propres pensées, parlait, pour le distraire, de tout ce qui pouvait l'intéresser sur leur passage, et le vieux cocher avait peine à se tenir bien éveillé sur son siège.

Tout à coup M. Rouveur prêta l'oreille; il avait cru reconnaître le son du cor dans le lointain.

« On chasse à la Louverie, dit-il; ils ont une belle journée. »

Le cor se rapprochait sensiblement.

« C'est un bien-aller, reprit M. Rouveur en se soulevant pour mieux écouter; ils viennent de notre côté. »

Et, retombant fatigué au fond de sa voiture :

« Je crois que j'aime encore la chasse, dit-il avec un triste sourire, et pourtant il y a dix ans que je n'ai enfourché un cheval ! »

Un peu plus loin, comme ils arrivaient à un carrefour du bois, les vieux chevaux firent un brusque écart; un cavalier, quittant une petite allée, venait de franchir un fossé et arrivait sur eux à fond de train. Il se démenait comme un beau diable, levant son bras, armé d'un fouet, pour faire des signes au cocher.

« Arrêtez ! cria-t-il enfin d'un ton impérieux ; arrêtez, vous allez couper la voie ! »

M. Rouveur, qui avait déjà compris ce dont il s'agissait, fit arrêter ses chevaux.

Alors le cavalier, s'approchant de la voiture, salua en souriant, et Mme de Peyres reconnut son petit héros de l'autre soir.

« Je vous demande bien pardon, monsieur Rouveur, dit André tout haletant, mais le cerf vient de sauter, et les chiens n'ont pas encore passé !

— Et qu'arriverait-il si nous passions avant eux ? demanda Mme de Peyres, les yeux rivés sur le visage excité de l'enfant.

— Nous risquerions de leur faire perdre la trace de leur cerf, répondit M. Rouveur. Attendons ! »

Il n'avait pas dit ce mot que quelques-uns des chiens arrivèrent, inquiets, agités, le nez à terre, humant et cherchant autour d'eux.

« A la voie, mes beaux, cria André, à la voie !... » .

Un instant après, toute la meute repartait de plus belle, donnant de la voix avec un ensemble tout à fait réjouissant.

André eut un geste de satisfaction ; puis, se retournant vers Mme de Peyres :

« Voulez-vous voir le cerf ? dit-il. Allez jusqu'à l'allée du gros chêne : il pourrait bien sauter par là ! »

Là-dessus, les chasseurs arrivant de plusieurs côtés, André, tout à son affaire, salua rapidement et s'éloigna au grand trot avec eux.

Mme de Peyres le suivit des yeux aussi longtemps qu'elle put le distinguer, et le même sentiment de tristesse qu'elle avait éprouvé en le voyant pour la première fois l'envahit de nouveau.

La vue d'un enfant de cet âge, l'âge qu'aurait le sien, réveillait toujours son chagrin ; mais jamais ses regrets n'avaient été plus cruels que depuis sa rencontre avec André.

Faible et timide elle-même, elle aurait rêvé dans son fils une nature

forte et hardie, un caractère énergique et résolu, avec l'entrain et la
gaieté de l'enfance, et elle devinait tout cela chez André, en le voyant,
la mine si fière sur son cheval, sauter les fossés et galoper à perdre
haleine, les yeux flamboyants et le sourire aux lèvres.

« Arrêtez ! » cria-t-il d'un ton impérieux.

« Je serais si fière d'un fils comme celui-là, se répétait-elle, un fils
qui serait tout mon souci, la vie de ma vie, la joie de la maison, et qui
serait en même temps un appui, un protecteur pour moi ! »

Et, fermant les yeux pour suivre son rêve, elle se revit dans
l'avenue sombre de Maltaverne, effrayée et tremblante, auprès de ce

petit inconnu qui lui avait offert sa protection, sérieusement, d'un air
déterminé, comme un homme aurait pu le faire !... Elle entendait
encore cette voix jeune et gaie, et se répétait, presque mot à mot,
tous les petits riens de ce babillage d'enfant...

« Ce petit m'amuse ! dit tout à coup M. Rouveur : il a l'aplomb d'un
vieux piqueur, et avec cela un entrain, une ardeur !... Il me rappelle
mon jeune temps et mes courses dans ces mêmes bois ! »

Et, avec un soupir, il ramena frileusement sa couverture autour
de lui.

« Vous avez froid ? dit Mme de Peyres : nous ferons bien de rentrer. »

Les vieux chevaux tournèrent bride avec empressement, et, presque guillerets, la tête haute, ils reprirent, d'un train plus vif, le
chemin de leur écurie.

Mais la chance était contre eux décidément !

A qui en avaient tous ces habits rouges groupés devant la mare
des Palis, pour leur barrer encore une fois le passage ?

Pourquoi ce bruit inquiétant de fanfares, ces cris, cette agitation
autour d'eux ?

André, le premier, aperçut la voiture et s'avança sur la route :

« Hallali ! cria-t-il gaiement ; vous arrivez juste pour la curée !

— Il s'est fait prendre dans la mare ? fit M. Rouveur.

— Oui ; et M. Laurès vient de le daguer, là, au bord, dans les
ajoncs ! C'est un dix cors : il a des bois superbes ; venez les voir ! »

Les vieux chevaux, découragés, s'avancèrent lentement au milieu
des habits rouges, qui s'écartèrent en saluant.

Le piqueur, aidé de Venaud, dépouillait l'animal, pendant que la
Broussaille écartait à grands coups de fouet la meute impatiente.

Les chasseurs avaient mis pied à terre et, la bride du cheval passée
sous le bras, se promenaient en causant.

M. Dellerin, appuyé à la voiture, donnait à M. Rouveur un compte
rendu, très intéressant sans doute, de la journée, mais que Mme de

Peyres, moins versée que Claudine dans le langage des veneurs, ne comprenait qu'à moitié.

Elle écoutait mal, du reste, étant très occupée à regarder.

André, fier et joyeux, allait de l'un à l'autre, interpellant tout le monde, flattant son cheval, grondant la meute de temps à autre !

« Arrière, Sans-Souci !... Bon-Espoir, arrière donc !... »

Et la petite voix s'enflait, tonnant à si grand bruit, que les gros chiens reculaient, l'oreille basse ; mais tous grondaient, mécontents, sans quitter de l'œil la Futaie, qui, taillant et coupant au plus vite, leur préparait la curée.

Quand ce fut prêt, ayant recouvert le tout de la peau de l'animal, il donna le signal, et de nouvelles fanfares éclatèrent, puis la Broussaille jeta rapidement la peau de côté :

« Hallali ! mes gars ! cria-t-il, hallali ! »

Alors, d'un même bond, tous les chiens se précipitèrent en avant, affamés, gloutons, s'arrachant les morceaux, se battant avec fureur, mordus d'un côté, fouaillés de l'autre, mais tous satisfaits et bientôt repus.

M. Laurès avait eu les honneurs du pied ; c'était le premier cerf qu'il daguait, et, sur l'ordre de son maître, la Futaie avait dû le lui présenter.

Cette cérémonie eut pour heureux effet leur complète réconciliation. Pendant deux jours, en effet, le piqueur avait boudé M. Laurès. Il lui gardait rancune, très injustement, de sa querelle avec son protégé, dont il prenait toujours et très chaudement la cause, qu'elle fût bonne ou mauvaise.

Le soleil avait disparu ; le vent s'élevait, aigre et humide, autour de la mare, et chacun avait endossé son caoutchouc, roulé, par précaution, sur le devant de la selle.

André, préoccupé seulement de la curée, surveillait les chiens, prêt à punir les violences et à faire respecter les droits de chacun. Il ne sentait pas le froid, mais ses lèvres étaient violettes, et sous ses yeux se creusait un grand cercle bleuâtre.

Mme de Peyres avait quitté sa voiture ; rassurée par la présence du piqueur au milieu de ses chiens, elle se risqua derrière lui jusqu'auprès d'André. Il ne l'entendit pas venir ; mais, sentant que quelqu'un le touchait, il se retourna et se trouva roulé dans un grand châle.

« Vous allez prendre froid, » disait Mme de Peyres au même moment.

Et, sans attendre sa permission, elle l'enveloppait soigneusement jusqu'au menton.

La Futaie, qui la regardait faire, s'avança, et se découvrant :

« Merci, madame, » dit-il avec un sourire attendri.

Puis s'adressant à André :

« C'est toujours la même chose ! dit-il d'un ton grondeur : tu as chaud, et tu ne penses pas à te couvrir. Te voilà pâle comme un navet ! Où est ton caoutchouc ?

— Je l'ai oublié, » dit André.

La Futaie quitta rapidement le sien.

« Tête sans cervelle ! » grommela-t-il.

Et se tournant vers Mme de Peyres :

« Reprenez votre châle, madame, continua-t-il ; vous en aurez besoin : je vais lui donner cela.

— Non, non, s'écria-t-elle vivement ; remettez votre caoutchouc : ce châle m'est tout à fait inutile. »

Puis, souriant de l'air maladroit qu'avait André ainsi affublé :

« Je vais l'attacher de façon à ce qu'il ne vous gêne pas à cheval, » reprit-elle.

Et comme André la remerciait, tout ému de ses soins :

« Voulez-vous me le rapporter demain à Maltaverne ? » demanda-t-elle après un instant d'hésitation.

Il la regarda un peu surpris... Elle lui demandait cela comme on demande une faveur, et pourtant, tandis qu'elle le dorlotait avec tant

Il se retourna et se trouva roulé dans un grand châle.

de sollicitude, il avait retrouvé dans ses yeux cette expression singulière qu'il ne pouvait s'expliquer, et qui le mettait si mal à l'aise.

Il rougit et, détournant la tête, répondit avec embarras :

« J'irai ! Merci, madame ; vous êtes bien bonne !... »

A la veillée, ce soir-là, Claudine eut à écouter d'abord le récit d'une
des plus belles chasses de l'année, et ensuite le panégyrique de Mme de
Peyres, qui venait de conquérir, à tout jamais, les bonnes grâces de
la Futaie.

« Une vraie dame ! répétait-il avec enthousiasme ; toute menue,
toute fragile, et avec cela pas mijaurée du tout !... Et bonne du fond
du cœur !... J'en donnerais ma parole ! Il fallait voir comme elle emmi-
touflait notre étourneau dans son châle ! Elle a bien vu tout de suite
qu'il avait froid. »

Il secoua la tête, et tout songeur :

« C'est malheureux qu'une brave petite femme comme cela n'ait
pas d'enfant à cajoler, reprit-il d'un ton de regret ; aussi, pourquoi
diable avait-elle mis le sien en nourrice ?

— Parce qu'elle ne pouvait faire autrement, dit Claudine, et ce
n'était pas pour longtemps. C'est comme une fatalité.

« Son mari avait dû partir pour la Russie au milieu de l'hiver ; elle
était restée à Paris, à cause de l'enfant, qu'elle ne voulait emmener
là-bas qu'au printemps.

« C'était très bien arrangé ; mais, vous savez, les choses ne vont
jamais comme il faudrait.

« Voilà qu'à peine arrivé, son mari tombe malade. Cette fois, il
fallait absolument partir ; mais l'enfant était si délicat qu'on lui con-
seille de le laisser en France.

« Elle était sûre de la nourrice : une brave femme qu'elle connaissait
depuis l'enfance... Elle lui confie le bébé, c'était le seul parti à
prendre, et la nourrice va s'installer avec lui dans son pays, pas loin
de Paris... C'est là que le malheur est arrivé. »

André venait d'entrer dans la cuisine pour s'informer de l'état de ses bêtes, comme il le faisait souvent les soirs de chasse. Immobile près de la porte, il écoutait cette triste histoire de toutes ses oreilles.

« Sait-on comment le feu avait pris ? » demanda-t-il tout à coup.

Claudine sursauta, et se retournant :

« Hé, là !... cria-t-elle, j'ai eu peur !... Tu arrives comme un spectre !... »

Sans faire un mouvement, André répéta sa question, et Claudine, déjà remise, continua son récit :

« Non, dit-elle, et on ne le saura jamais, puisque la pauvre femme était morte et à moitié brûlée quand on est entré dans la maison.

— Et l'enfant ? demanda André d'un ton bref.

— L'enfant !... Pauvre petit être !... on n'a rien retrouvé de lui qu'un monceau de cendres noires : le berceau était carbonisé ! C'est là que le feu a dû commencer. »

Les hommes firent toutes les suppositions probables sur la cause de l'incendie, mais André ne les entendit pas ; sans un mot de plus, il avait ouvert la porte et s'était glissé dehors.

VIII

« Où vas-tu si pimpant, gringalet?

— A Maltaverne. Ne m'arrêtez pas, monsieur Laurès ! York voulait
venir, alors je lui ai fait croire que je restais au billard ; il m'attend à
l'autre porte ; mais j'ai peur qu'il ne se doute de quelque chose, et je
me sauve.

— Pourquoi ne pas l'emmener ?

— L'emmener !... pour rester dans un salon, en visite ! Pauvre
bête !... C'est bien assez de moi ! D'ailleurs, on ne le recevrait pas.

— Tu rentreras tard, sans doute ?

— Oh ! non, certes ! cria André, qui s'éloignait déjà ; dans une
heure j'espère bien être ici ! »

Et tournant la tête de temps en temps pour voir si, par hasard,
York n'allait pas apparaître, il jeta par-dessus son épaule, à la façon
des Écossais, le châle noir, soigneusement plié par Claudine, enfonça
ses mains dans ses poches, et, sifflant un bien-aller vigoureux, il enfila
une des petites allées qui menaient aux bois de Maltaverne.

Il n'avait pas fait deux cents mètres que son chien l'avait rejoint.
D'un air heureux et triomphant, il agitait sa belle queue en panache,
et, cherchant à lécher les mains de son maître, il semblait demander
la permission de le suivre.

André éclata de rire.

« Ah ! finaud, cria-t-il en caressant les longues oreilles de ce trop
fidèle ami ; tu as donc éventé la mèche ?... Allons, viens. »

Et tout haut, se parlant à lui-même :

« On ne peut rien lui cacher : il est trop intelligent, reprit-il ; mais
qu'en ferai-je là-bas ?... Bah ! je le laisserai à la porte ; ce sera un
bon prétexte pour ne pas rester longtemps ! »

Au fond, il était ravi d'emmener son compagnon de promenade.
Ils causèrent !... Ils firent tous deux assaut d'adresse en sautant les
fossés ; ils découvrirent toutes sortes de choses intéressantes (souvent
découvertes déjà, et avec le même plaisir) ; York tomba plus de dix
fois en arrêt devant un mystérieux gibier que son maître ne put jamais
apercevoir. Enfin la course fut remplie de tant d'incidents variés,
qu'ils se trouvèrent au rond-point de Maltaverne avant qu'André ait
eu le loisir de préparer son maintien.

Mais la vue de la grande maison le rappela à la réalité.

Il passa un rapide examen de sa toilette, s'assura que sa cravate
n'avait pas tourné, et, tirant de sa poche un mouchoir immaculé, il
en frotta énergiquement ses coudes et ses genoux ; à tout hasard,
c'était une bonne précaution à prendre, en sortant des fourrés ! Puis,
sifflant son chien, qui le devançait, le nez au vent, sans souci des con-
venances, il le regarda d'un air préoccupé :

« York ! fit-il, tu es à peine présentable ! Viens, que je te recoiffe ! »

Et le mouchoir, roulé en tampon, lissa la jolie tête et les oreilles du
chien ; puis André, admirant son œuvre, remit son mouchoir dans sa
poche, après l'avoir secoué pour en effacer les mauvais plis.

Maintenant ils étaient prêts, il pouvait sonner.

Pourtant, au lieu de presser le pas, il le ralentissait de plus en plus,
à l'idée de pénétrer dans la grande maison.

« Si *elle* était dehors, comme l'autre jour, comme hier, se répétait-il, ce ne serait pas si difficile ; mais là, entre quatre murs, assis

sur une chaise en face d'elle, que vais-je dire?... J'aurai l'air bête et solennel! Et puis... si elle me fait des questions?...

Il fut tenté un moment de ne pas entrer, de remettre le châle à un domestique et de se sauver sans attendre; mais il sentait que ce ne serait pas poli; et puis il avait, en même temps, le désir de revoir sa

« Viens, que je te recoiffe... »

voisine, de la remercier encore, si bien qu'après un long combat, il se trouva finalement devant la porte de Maltaverne.

Il n'était plus temps de reculer.

La porte s'ouvrit, et Mme de Peyres, en personne, s'avança au-devant de lui :

« Je vous ai vu venir, dit-elle; entrez et soyez le bienvenu. »

Elle lui tendit la main en souriant, et ce fut assez pour dissiper les appréhensions qui lui faisaient redouter cette visite comme un vrai supplice.

Elle l'accueillait elle-même, comme si elle avait compris l'embarras qu'il devait éprouver en entrant pour la première fois dans cette maison d'aspect sévère et peu hospitalier. Elle lui souriait comme on sourit en revoyant un ami de longue date, venu la veille et qui reviendra le lendemain.

Il entra, doucement attiré par cette petite main qui ne lâchait pas la sienne, et sa voix timbrée et sonore, une voix d'enfant, résonna dans le grand vestibule sombre :

« Merci, madame; bonjour, madame... York, ici ! Veux-tu bien t'en aller !... »

Non, York voulait rester. Il visitait tous les coins du rez-de-chaussée, s'arrêtait à chaque porte, revenant, repartant, ravi de cet incident nouveau, de cette découverte inattendue.

« York ! — et la voix faisait vibrer tous les vieux échos, — York, ici ! »

Mais le chien ne reparaissait pas ; André s'élança à sa poursuite.

Alors ce fut un joli vacarme, et la « momie » dut en tressaillir sur sa base.

York aboyait de tout son cœur et courait comme un fou : le jeu lui plaisait.

André, très vexé du manque de savoir-vivre de son chien, le rappelait sur tous les tons, en le poursuivant à toutes jambes. Enfin, saisissant l'animal indocile par son collier, il lui fit comprendre qu'il ne jouait pas, et qu'il était même très mécontent ; puis il l'entraîna de force devant la porte, où Mme de Peyres attendait la fin de la lutte.

« Je suis bien fâché, madame, cria-t-il, moitié honteux, moitié souriant. Il est venu malgré moi ; je vais le renvoyer. »

Mais comme il se préparait à expulser le chien, Mme de Peyres demanda sa grâce, en assurant qu'elle serait enchantée de faire sa connaissance; et York, renonçant à comprendre ce qu'on voulait de lui, se laissa emmener de bonne grâce dans le petit salon.

Là il choisit la meilleure place et s'établit paisiblement sur un tapis, devant le feu.

« Laissons-le, dit Mme de Peyres en riant; maintenant nous sommes sûrs de sa sagesse. »

Enfin, saisissant l'animal indocile par son collier...

Et poussant vers André une petite chaise :

« Asseyez-vous, » dit-elle.

Il fallait bien en arriver là; il était sur la sellette.

Mais, à sa grande surprise, il n'éprouvait pas le moindre embarras, et pourvu que cela ne se prolongeât pas trop longtemps...

Il fut rassuré dès le début.

« Mon père va descendre, dit Mme de Peyres; quand vous l'aurez vu un instant, je vous enverrai visiter la ferme ; vous aimerez mieux cela sans doute que de rester enfermé au coin du feu.

— Oh ! oui, madame. »

Il ne sut pas retenir ce cri, un peu trop franc, et, voyant sourire Mme de Peyres, il rougit d'abord ; mais ce sourire était si indulgent, qu'il reprit bien vite confiance.

Elle lui parla de lui, de ses études, de ses plaisirs, de mille choses, mais elle ne lui fit pas une seule des questions qu'il redoutait. M. Rouveur les rejoignit bientôt ; alors on reparla de la chasse de la veille, et André, s'animant, prit la parole et la garda longtemps. Toute la meute fut passée en revue ; les prouesses de Fergus, les hauts faits de Roméo et de Bataclan, racontés en détail, intéressaient visiblement M. Rouveur, qui souriait en écoutant le petit bavard, et ne dédaignait pas quelquefois de discuter avec lui les questions discutables.

Le temps passa si vite de cette façon qu'ils furent très surpris tous deux quand Mme de Peyres les interrompit pour dire à André que son goûter l'attendait.

York, prenant sa part de cette agréable invitation, suivit son maître dans la salle à manger.

De sa vie on ne l'avait tant gâté ; et si une cervelle de chien est capable de former un projet, il dut se promettre en lui-même de revenir souvent en un si bon coin.

Au grand étonnement de sa fille, M. Rouveur témoigna le désir de les accompagner dans leur visite à la ferme. Mme de Peyres accueillit cette idée avec joie. Depuis son retour à Maltaverne, c'était la première fois que son père, secouant sa morne apathie, quittait de son plein gré sa place au coin du feu, et témoignait un peu d'intérêt pour ce qui se passait autour de lui.

Il voulut tout montrer lui-même à André : les écuries, la ferme, les jardins, et fit, appuyé sur l'épaule de son petit visiteur, la plus longue promenade qu'il eût faite à pied depuis bien longtemps.

Ce fut un événement dans la maison, et les domestiques se mirent aux portes pour les voir passer.

« Quel miracle ! dit le vieux cocher : il faut que monsieur ait bien pris en amitié ce petit jeune homme ! Regardez-le donc, il a l'air à moitié guéri. »

Et, secouant sa tête grise, il ajouta tristement :

« Je l'ai toujours dit : le chagrin et l'ennui rendent monsieur plus malade que sa vraie maladie. »

En rentrant, M. Rouveur, un peu fatigué, demanda à remonter dans sa chambre, et sa fille, qui l'accompagnait, pria André de l'attendre dans le petit salon.

Resté seul, il regarda curieusement autour de lui.

A la Louverie, les bibelots étaient rares. Sur la cheminée de la salle de billard, outre la pendule et les candélabres, on ne voyait que pipes, étuis à cigares et pots à tabac. Quelquefois le fouet et les gants de M. Laurès, dont le désordre irritait souvent Claudine, mais rien d'élégant ni de coquet comme ici.

Dans l'embrasure d'une des fenêtres, la place habituelle de Mme de Peyres évidemment, André remarqua un petit bureau, encombré de tant de jolies choses qu'il n'osa pas en approcher, de peur de tout casser.

« Elle écrit là ! se dit-il émerveillé. Comment fait-elle ? Moi, je renverserais tout rien qu'en prenant de l'encre. Et York, donc !... je voudrais le voir jeter ses pattes là-dessus comme il les jette sur ma grande table !... Et pas un pâté... nulle part !... »

Il pensa à un tapis de reps vert illustré par son encrier d'énormes ramages noirs.

« Claudine serait contente, ici. C'est soigné, c'est joli, parce qu'il y a une maîtresse de maison. Ce n'est pas comme la pauvre Louverie, avec sa bande de chasseurs toujours bottés et crottés ! »

Le petit salon était très confortable, et André s'y plaisait de plus en plus.

Au milieu de ce bureau, d'aspect si fragile, il y avait un cadre de cuir; mais de sa place André ne pouvait voir le portrait qu'il contenait. Lorsque, devenu plus familier, il osa se rapprocher de la fenêtre, il se pencha pour le regarder, et alors sa bouche, jusque-là souriante, devint sérieuse.

« Oh! » fit-il à demi-voix, en s'éloignant un peu.

C'était le portrait d'un tout petit enfant. Pelotonné au fond d'un grand fauteuil, il riait, les mains tendues vers quelque chose qu'on lui montrait de loin sans doute.

Le bébé n'avait rien de ces gros poupons, joufflus et potelés comme des chérubins, qui font, sur la balance, l'orgueil de leur famille. Dans cette petite figure éveillée, c'étaient les yeux qui prenaient le plus de place : deux grands yeux pleins de gaieté, pleins de vie, qui semblaient répondre aux regards qu'ils rencontraient.

« André à dix mois. »

Au bas de la photographie, quelqu'un (sa mère, pensa André) avait écrit cette date.

C'était lui, bien sûr, le pauvre petit enfant brûlé! Sa mère avait espéré sans doute le suivre ainsi d'année en année, et garder un portrait de son fils à tous les âges... Et c'était le seul qu'elle aurait jamais !

André resta longtemps en contemplation devant cette petite figure animée et joyeuse.

« Pauvre petit ! murmura-t-il enfin; c'est triste de le voir rire si gentiment, quand on sait... »

Le reste s'arrêta dans sa gorge; Mme de Peyres était à deux pas de lui.

La tête basse, de peur de rencontrer ses yeux, tout tremblant, pâle comme s'il était coupable, il voulut s'éloigner; mais elle le ramena elle-même devant le bureau.

« C'est mon pauvre petit enfant, dit-elle doucement ; vous l'aviez deviné, n'est-ce pas ? »

André fit un signe de tête, il ne pouvait parler. Elle ne le regardait pas cependant : elle ne regardait que le petit portrait.

« Vous savez comment je l'ai perdu ? » reprit-elle.

Et il retrouva dans sa voix l'accent désolé qu'elle avait eu dans le bois, à leur première rencontre.

« Il s'appelait André, comme vous... et il aurait votre âge. Aussi, j'aime votre nom ; j'aime à vous voir ; j'aime à vous entendre ici, dans notre pauvre maison sans enfant, où il devrait être ! Voulez-vous venir quelquefois ? »

Elle se tourna vers lui pour lui faire cette demande, et, la main posée sur son épaule, elle le regarda longuement, avec cette expression habituelle qu'il connaissait si bien. »

« Oui, dit-il tout bas, je reviendrai ; mais cela vous fera de la peine en même temps : je le sais bien ! »

Elle ferma ses yeux, où les larmes montaient.

« Ne pleurez pas, je vous en prie ! » s'écria-t-il.

Et lui prenant la main :

« J'ai raison, vous voyez ! Avec moi, vous pensez toujours à lui, et vous êtes jalouse, parce qu'il est mort et que je suis vivant ! »

Elle détourna la tête, troublée par cette rude franchise d'enfant.

« Non, non, dit-elle, essayant de protester.

— Si, reprit-il d'un ton lent et réfléchi, en la regardant en face. J'en suis sûr, je l'ai vu dans vos yeux... Mais c'est très naturel, — et son regard s'adoucit tout à coup, — je comprends bien cela, parce que... »

Il s'interrompit, et, se sentant rougir, cacha brusquement sa tête dans ses mains.

Mme de Peyres les écarta de force.

« Parce que... ? » demanda-t-elle.

Il sourit, tout ému, et répondit, presque malgré lui :

« Parce que je suis jaloux aussi ; je regrette tant que vous ne soyez
pas ma mère !... »

Elle l'entoura de son bras, et, sans un mot, appuya contre son
épaule la petite joue humide. Malgré tous ses efforts, ses larmes
avaient coulé. Mais là, il n'avait plus honte. Là, il aurait pu
répondre sans rougir à toutes ses questions, si elle en faisait ; mais
elle n'en fit aucune ; elle dit seulement, tout bas :

« Je sais votre histoire, mon pauvre petit ! »

Puis elle embrassa son front doucement, et il comprit qu'elle ne
lui demanderait pas de confidences pénibles.

Cette visite, qui devait être si courte, se prolongea jusqu'à la
tombée de la nuit, et André quitta Maltaverne à regret, en promettant d'y revenir bientôt.

« Le plus tôt possible, très souvent !... » répétait-il à tous les
échos du vestibule.

Puis, un scrupule tardif le prenant au dernier moment :

« Si vous me voulez bien, » ajouta-t-il.

Mme de Peyres le rassura :

« Je n'aurais pas osé vous le demander, dit-elle, nous sommes si
peu gais ! Mais ne craignez jamais d'être indiscret. Mon père vous
aime beaucoup. Seul vous avez le pouvoir de le distraire, et votre
visite lui a fait du bien. Vous mettrez un peu de soleil dans sa vie...
et dans la mienne, ajouta-t-elle en lui tendant la main. Nous
sommes de vieux amis, maintenant, n'est-ce pas ? »

André la remercia d'un sourire, et, baisant sa main à deux
reprises, en enfant gâté et heureux :

« Au revoir ! dit-il. Je reviendrai demain, voulez-vous ? après ma
leçon !... »

Il entendait profiter largement de la permission qu'on lui donnait
et de l'affection nouvelle qui lui était offerte.

IX

Un mois s'était écoulé. La Louverie avait perdu ses hôtes; chassés
par les premières neiges, tous étaient partis, emmenant avec eux le
maître de la maison. André avait aidé à l'emballage des harnache-
ments, à la toilette de voyage des chevaux, au chargement de tous
les bagages, et ce dernier jour de désordre et de bruit n'était pas
sans charmes... Mais quel lendemain !

La grande salle à manger vide, personne au billard, et dans les
chambres du premier étage, un ouragan !

Le dernier invité n'avait pas le pied hors de la maison que Claudine commençait le branle-bas du balayage et de l'époussetage. Les
pièces aérées, cirées, brossées; les rideaux, jaunis par la fumée,
décrochés; les vitres lavées; les meubles enlevés, secoués, battus,
comme si une épidémie avait régné dans chaque pièce. Puis tout
avait été couvert de housses, remis en place; les contrevents avaient
été fermés. C'est ce qu'André appelait l'« hivernage ».

Cela durait deux jours, sans une minute de repos; après quoi la
femme de basse-cour était rendue à ses volailles, la pauvre nièce
reprenait haleine, et dame Claudine jetait les bases d'une immense
lessive pour les prochains beaux jours.

Pendant cette période de désarroi, André, réfugié dans sa chambre
et ne sachant que faire de lui, travaillait... faute de mieux.

La meute était triste ; les chevaux tournaient en rond, mélancoliquement, au manège, tenus au bout d'une longe par le palefrenier ;
York bâillait près de son maître et le dérangeait toutes les dix minutes.

« Tu t'ennuies ? disait André invariablement ; moi aussi ! »

Mais André ne s'ennuyait jamais longtemps, et, le premier
moment passé, prenait son parti de sa solitude et se trouvait bien
vite des occupations et des plaisirs. Il était toujours seul à la Louverie pendant les mois de décembre et de janvier, que M. Dellerin
passait à Paris : il lui fallait donc bien s'habituer à se tirer d'affaire de
son mieux pendant ce temps-là.

Cette année il était moins à plaindre que de coutume : il avait
Maltaverne.

Sa première visite avait été suivie de beaucoup d'autres, et maintenant il ne passait jamais devant la grande maison sans y entrer.
M. Dellerin était lui-même en trop bons termes avec ses voisins pour
ne pas approuver cette intimité ; aussi donna-t-il de grand cœur, et
avec reconnaissance, la permission qui lui fut demandée de garder
le plus possible André à Maltaverne pendant son absence.

Ses devoirs finis, André avait fermé bruyamment livres et cahiers ;
puis, se renversant sur sa chaise, il avait croisé ses mains sur le
sommet de sa tête, pendant que, du bout de ses souliers, il exécutait
un roulement sur le fond de son tiroir.

York connaissait si bien cette pantomime, qu'il avait déjà les deux
pattes sur le tapis de reps vert, avant que son maître ait eu le temps
de prononcer la phrase usitée en pareille circonstance :

« La suite au prochain numéro ; allons-nous-en. »

Le chien regarda son maître, qui ne bougeait pas, et fit entendre
un gémissement d'impatience. Alors André cria gaiement :

« York !... si nous allions à Maltaverne ? »

Le chien bondit vers la porte ; c'était toujours sa réponse.

Sur sa route, André rencontra le garde, qui rentrait après sa tournée :

« Hé ! Venaud, cria-t-il, un bon temps pour les braconniers !

« York !... si nous allions à Maltaverne? »

— Ah ! les gredins ! dit Venaud, si je pouvais les pincer !... Je viens d'enlever des collets.

— Où cela ? demanda vivement André.

— Près de l'étang des Palis ; je vais surveiller cela de près. S'il faut passer quinze nuits, je les passerai !... Je veux les prendre !

— Ils sont fins, dit André en roulant une boule de neige pour la lancer à York.

— Je le serai autant qu'eux, quand je devrais y laisser ma peau ou la leur !

— Oh ! dit André, il ne faut pas tuer, Venaud, ce serait trop !

— Ils s'en gêneraient bien, eux ! s'écria Venaud en riant avec insouciance.

— Non, non, reprit André, riant aussi; cueille-les délicatement, sans qu'ils s'en aperçoivent.

— J'essayerai, fit Venaud ; ça commencera demain. »

Ils se séparèrent, et André oublia bientôt les braconniers et leurs méfaits. York était le meilleur des camarades ; il comprenait tous les jeux et recevait les boules de neige avec un tel entrain que c'était plaisir de l'en cribler. Ce fut, à travers la forêt, une poursuite à fond de train; aussi étaient-ils haletants tous deux quand ils s'arrêtèrent devant Maltaverne.

André, les oreilles et le nez rougis par le froid, et York, la langue pendante, se regardèrent avant d'entrer, de l'air de deux complices qui vont être grondés.

Puis André secoua la neige qui couvrait son chien, et d'un ton de regret :

« Quel dommage que tu ne puisses pas riposter, dit-il; nous aurions eu une fameuse bataille ! »

Il était lui-même tout saupoudré de larges flocons, tombés des petites branches qu'il avait frôlées au passage, et ses chaussures étaient trempées jusqu'à la cheville.

. . . .

« Ne vous donnez pas cette peine, je ne m'enrhume jamais, madame, je vous assure... York non plus. »

Ils étaient grondés, comme ils l'avaient prévu; Mme de Peyres, rendant à André le service qu'il venait de rendre à York, et le séchant de son mieux, lui reprochait son imprudence.

Il protestait gaiement contre ces petits soins, auxquels il n'était pas habitué.

« Je voulais justement vous proposer une promenade, s'écria-t-il quand ils furent installés à leurs places respectives, le fauteuil, la petite chaise et le coin du tapis ; vous n'avez pas idée comme la forêt est jolie : toute blanche d'un bout à l'autre ! Mais vous ne voudrez pas ?... »

Mme de Peyres sourit.

« Non, j'attendrai que la forêt soit « toute verte d'un bout à « l'autre », dit-elle en l'imitant, car je me méfie des chemins où vous me conduiriez. »

Il se résigna, plus facilement qu'il ne l'aurait cru possible autrefois, à rester le reste de l'après-midi dans le petit salon ; il ne s'y ennuyait jamais, et les mauvais jours passaient maintenant aussi vite que les plus beaux.

Peu à peu la grande maison avait perdu sa triste influence sur lui. Il n'était pas aussi bruyant qu'à la Louverie, mais il y était heureux d'une autre façon.

On bavarde beaucoup dans un long tête-à-tête au coin du feu. La causerie était devenue bien vite tout à fait intime, et il n'avait pas fallu longtemps à Mme de Peyres pour connaître André mieux qu'il ne se connaissait lui-même. Sa franchise avait d'ailleurs rendu la chose aisée ; il se confessait sans le savoir, en causant, en exposant des théories à lui, qui la faisaient sourire, mais qu'elle essayait de redresser au passage.

La conversation devenait alors très sérieuse ; ils discutaient, et André, qui d'ordinaire s'enfuyait dès les premiers mots d'un sermon, écoutait religieusement ceux de Mme de Peyres.

Jusqu'ici pourtant il n'avait reconnu à personne qu'à son parrain et à « son vieux la Futaie » le droit de le gronder ; mais le parrain grondait trop rarement, et la Futaie trop souvent.

Au premier il avouait ses fautes, les déplorant de très bonne foi, et faisant, avec les meilleures intentions, les plus belles promesses. Puis, le jour suivant, tout était oublié de part et d'autre, et de longtemps il n'en était plus question.

L'éloquence du second se dépensait en pure perte ; André se bouchait les oreilles :

« Tu me l'as déjà dit ! criait-il (et il précisait en riant la date, l'heure et la circonstance); si tu m'ennuies comme cela, je ne reviendrai plus ! »

Et, les inspections d'André dans son domaine faisant la plus grande joie du piqueur, il se taisait lâchement et remettait sa morale à une meilleure occasion.

Il ne prêchait, du reste, que pour la forme, car les incartades de son favori ne pouvaient ébranler sa confiance en lui.

« Que voulez-vous ! disait-il à Claudine, il est élevé un peu à la diable, c'est vrai ; mais cela ne lui réussit pas déjà si mal !... Trouvez-moi une meilleure nature ! Ses petits défauts passeront, allez, et son bon cœur restera. »

Et lorsque Claudine laissait voir qu'elle ne partageait pas tout à fait son opinion, la Futaie reprenait, d'un ton vexé :

« Après tout, chacun fait de son mieux, vous savez; ce n'est pas ma faute s'il ne m'écoute pas, et je serais curieux de voir quelqu'un le mener à sa guise. »

Pour satisfaire cette curiosité, la Futaie n'aurait eu qu'à suivre son protégé à Maltaverne. Là il eût trouvé ce quelqu'un; là il aurait vu ce miracle.

L'œuvre était moins difficile sans doute que le brave la Futaie ne se l'imaginait, dans son inexpérience, puisque Mme de Peyres la menait à bien.

Sans gronder, sans rien exiger, elle avait pris peu à peu la direction de cette mauvaise petite tête, assez mal gouvernée jusque-là, et elle savait maintenant en obtenir tout ce qu'elle voulait.

Elle disait la même chose que les autres, mais elle disait autrement ; elle donnait les mêmes conseils ; mais, donnés par elle, ils semblaient bien plus faciles à suivre.

Cette voix douce le persuadait malgré lui, et quand elle posait, en parlant, sa petite main sur son bras pour réclamer son attention, d'avance il était convaincu.

Les autres avaient raison autant qu'elle sans doute, mais elle savait mieux expliquer pourquoi. Elle écoutait avec patience les mauvais petits arguments qu'avait à faire valoir le jeune garçon, et, au lieu de se fâcher comme les autres, elle se donnait la peine de les combattre et de l'aider à réfléchir.

Les résolutions qu'André prenait auprès d'elle étaient les mieux gardées, parce qu'elle lui apprenait de bons moyens de les tenir. Et alors, comme elle encourageait le plus petit effort ! comme elle devinait un progrès là où les autres ne savaient rien voir !

Aussi, rien que pour l'entendre dire en souriant : « C'est bien !... » André se sentait capable de tout. Jusque-là, l'approbation de son parrain avait eu seule du prix à ses yeux ; mais il y avait pour lui, dans ce sourire, quelque chose de plus encore, quelque chose de très doux, qu'il trouvait ici seulement, et qui le rendait heureux, tout en renouvelant ce gros regret inavoué :

« Les enfants qui ont une maman sont plus heureux que les autres ! »

Il se le répétait souvent, et aujourd'hui plus que jamais, en pensant, au coin du feu, à l'absence de son parrain.

Il était silencieux depuis un moment, absorbé dans ses réflexions.

« C'est très long, deux mois, dit-il tout à coup.

— Non, fit Mme de Peyres, comprenant ce que cela voulait dire : deux mois passent très vite, au contraire ; la solitude vous pèse-t-elle déjà ? »

André poussa un soupir :

« Oh ! je ne suis pas seul, dit-il. J'ai la Futaie et tous mes vieux amis de la Louverie; mais tout cela ne remplace pas parrain... Parrain, c'est tout pour moi, vous comprenez! Il ne peut pas s'embarrasser de moi à Paris dans ce moment; mais quand je serai grand, nous ne nous quitterons plus, il me l'a promis, et, nous serons très heureux ensemble!... »

Et, avec un nouveau soupir, André ajouta tout bas :

« Je voudrais être grand!

— Pourquoi?

— Pour bien des raisons, répondit-il en hochant la tête : parce qu'on ne me laissera plus derrière comme un paquet et que je resterai toujours avec parrain; parce que... »

Mais pourquoi donner les autres raisons? Pourquoi devenait-il plus exigeant? Pourquoi s'attristait-il de choses auxquelles il ne songeait jamais... autrefois... quand il était petit?

Il se tut et, se levant, alla soulever le rideau de la fenêtre :

« Il va neiger encore, » dit-il en changeant de ton.

Mme de Peyres avait compris sans doute tout ce que contenait la seule réponse qu'il eût voulu faire, car, se levant aussi, elle le rejoignit près de la fenêtre :

« Revenez demain après votre leçon, dit-elle : vous dînerez avec nous; on vous préparera un lit, et s'il neige vous nous resterez. »

André s'était retourné :

« Comme vous êtes bonne! dit-il; mais... je ne veux pas que vous croyiez... »

Un scrupule le tourmentait, et il ne savait comment l'expliquer :

« Je ne me plains pas d'être abandonné, reprit-il enfin, tout rouge et hésitant; ce serait trop injuste. Parrain ne peut faire autrement : il faut que je travaille, et je suis très bien ici... Mais je voudrais être grand... Cela vaut mieux, quand on n'a pas de parents!... »

Mme de Peyres ne fut pas surprise de cet aveu; mais il parut l'attrister. Elle prit la main d'André:

« Je serais tout à fait heureux, si j'avais une maman comme vous! »

« Ne dites pas cela, fit-elle doucement; n'avez-vous pas de bonnes affections autour de vous? Votre parrain vous aime comme un fils : vous le savez bien!

— Oh! oui; et la Futaie m'aime bien aussi, et tous à la Louverie : j'y suis très heureux. »

Et, cette énumération de tant de bons amis lui rendant courage, il reprit vivement :

« Ne faites pas attention à ce que je dis, madame : c'est quand j'ai du chagrin que ces idées-là me viennent.

Puis, se baissant pour embrasser la main qui tenait la sienne :

« Je serais tout à fait heureux si j'avais une maman comme vous, ajouta-t-il d'une voix tendre.

— Vous m'aimez donc un peu aussi ?

— Pas un peu... beaucoup! »

Longtemps après son départ, Mme de Peyres pensait encore à lui, dans l'ombre triste du petit salon.

« Pauvre enfant! murmura-t-elle, il a beaucoup de cœur!... Il aurait bien aimé sa mère!

X

« Me voilà, madame! J'ai l'air d'un colporteur, avec tout ce bagage!
Quel temps! »

Et André se secouait comme un caniche au sortir de l'eau.

« M. le curé m'a grondé d'être sorti aujourd'hui; il trouve impru-
dent d'être dehors par cette neige. Comme si j'allais manquer l'occasion! »

André pérorait au milieu du vestibule, en semant un peu partout
ses paquets, son manteau et une paire de longues bottes de feutre
que Claudine l'avait forcé à mettre par-dessus ses chaussures.

« Venez vite vous chauffer, dit Mme de Peyres : on portera cela dans
votre chambre; mon père vous attend chez lui. »

André n'avait pas vu M. Rouveur depuis plusieurs jours; dans la
mauvaise saison, il quittait peu sa chambre, où il aimait à rester seul
quand il ne pouvait supporter le bruit et la fatigue d'une conversation;
mais ce soir-là, se sentant mieux, il voulait jouir, dit-il, des rayons
de son soleil.

André grimpa lestement l'escalier, enjambant les marches « quatre
à quatre », comme il l'avait souhaité tant de fois, et faisant plus de
bruit à lui seul que tous les habitants de la maison n'en avaient fait
pendant ces dix dernières années.

M. Rouveur leur fit place au feu, à lui et à Mme de Peyres, et André

s'installa entre le père et la fille, par terre, sur le tapis, à la façon
d'York.

« Quel temps! répétait-il d'un air ravi. Dans les petites allées, j'en-
fonçais jusqu'au genou. C'est amusant, de marcher dans la neige; on
glisse et on fait de grands pas malgré soi... J'avais l'air de l'ogre
avec ses bottes de sept lieues!... Par exemple, si Venaud fait le guet
ce soir, il n'aura pas chaud. »

Et levant ses mains devant le feu, pour protéger ses joues qui gril-
laient :

« J'avais une peur terrible que la neige ne tombât plus ce matin,
avoua-t-il en riant; mais j'ai eu de la peine à partir. La Futaie a gro-
gné comme si je quittais la Louverie pour n'y plus revenir, et York
était furieux, parce que je ne l'emmenais pas. »

André bavarda ainsi jusqu'à ce qu'il fut bien réchauffé; alors, se
levant d'un bond et tournant le dos à la cheminée, il regarda autour
de lui :

« On est très bien ici, dit-il, pensant tout haut, comme toujours.
Du dehors on ne s'en douterait pas. »

Puis, s'adressant à Mme de Peyres :

« Pourquoi les fenêtres sont-elles toujours fermées? demanda-t-il.
On s'imagine de grandes chambres noires et vides.

— Au beau temps, je les ouvrirai tous les jours pour vous faire
plaisir, dit Mme de Peyres en souriant.

— Oh! Maltaverne ne me fait plus peur; vous le savez bien, s'écria-
t-il d'un ton de protestation.

— Cela vous amuserait-il de visiter la maison? demanda M. Rouveur.

— Je crois bien! s'écria André; j'en grille d'envie depuis que je
vous connais. »

Mme de Peyres plia son ouvrage.

« Venez alors, avant qu'il fasse nuit, dit-elle en se levant. »

La « momie » put se croire au jugement dernier.

Des portes battirent; des pas pressés résonnèrent dans les chambres endormies depuis si longtemps; des cris de surprise éclatèrent dans le grenier, encombré de vieilleries.

« Me voilà, madame! »

Toutes les fenêtres furent ouvertes, puis refermées avec fracas.

Partout où passait cette petite figure animée, tout semblait revivre; c'était comme la conjuration d'un sort, comme une résurrection.

Mme de Peyres le guidait de pièce en pièce, de coin en coin, malgré le froid, malgré la poussière qu'il soulevait autour de lui, s'amusant de ses surprises, souriant à sa joie, et, le cœur serré pourtant, répétant tout bas :

« Pourquoi n'est-ce pas toujours ainsi?... Pourquoi ce bonheur m'est-il refusé? »

Quand il eut tout vu, qu'il eut fureté partout, André s'avisa enfin que sa conductrice pouvait être fatiguée ou qu'elle avait froid peut-être, et se décida à redescendre.

Il fallut le brosser des pieds à la tête au retour de cette expédition, et le domestique chargé de cette tâche s'en acquitta avec un plaisir évident.

André n'avait jamais montré plus d'entrain, et cette gaieté qui débordait autour de lui lui attirait la sympathie des gens de Maltaverne, vieux serviteurs qui avaient vu leurs maîtres heureux autrefois, et la maison bien différente de ce qu'elle était aujourd'hui.

« A la bonne heure! disaient-ils en riant; un peu de vacarme et de mouvement, cela nous change! En fait-il un tintamarre là-haut!

— Madame le suit comme son ombre; pauvre femme! Ce n'est pas le sien, mais c'est une petite amitié, au moins, et ça la distrait!... »

« Eh bien! dit M. Rouveur quand André reparut dans sa chambre, vous avez tout vu, ce me semble?

— Oh! s'écria André avec enthousiasme, comme on s'amuserait dans votre grenier! il est plein de vieilles choses drôles!

— Vraiment? dit M. Rouveur : il y a un siècle que je n'y suis allé. »

Et se baissant vers André, qui avait repris sa place sur le tapis :

« Je vous entendais d'ici, fit-il avec un sourire, et... savez-vous? vous faisiez là-haut le manège d'un petit revenant!... »

Aussitôt après le dîner, M. Rouveur remonta dans sa chambre, et André se retrouva en tête à tête avec Mme de Peyres, dans le petit salon.

« Qu'allons-nous faire pour vous amuser? demanda Mme de Peyres. Savez-vous quelque jeu tranquille? »

André se mit à rire.

« Oh ! non, s'écria-t-il ; cela ne m'amuserait pas du tout !

— Alors, vous allez vous ennuyer !

— Oh ! que non ; écoutons la tempête, j'aime cela ! Entendez-vous comme la pauvre girouette grince ?... Quel vent !... »

« La Futaie ! » s'écria-t-il stupéfait.

Ils restèrent silencieux et immobiles pendant un instant, et tout à coup Mme de Peyres tressaillit.

« On sonne à la porte, » dit-elle.

Il y eut un bruit de pas dans le vestibule, et André s'y précipita.

« La Futaie !... » s'écria-t-il stupéfait.

Puis il s'arrêta net ; la Futaie avait l'air si grave, qu'il eut peur.

« Il y a quelque chose ? murmura-t-il.

— Oui, dit le piqueur, écoute-moi... Venaud a pris ce soir un braconnier, et il est arrivé un accident...

— A Venaud ? » cria André tout tremblant.

La Futaie secoua la tête :

« Non, dit-il, à l'autre ! »

. Il attira l'enfant à lui, et, serrant son bras, comme pour forcer son attention :

« Écoute-moi, répéta-t-il : Venaud l'a pris devant l'étang des Palis, près de la cahute des charbonniers... tu sais ?... L'homme a voulu se sauver ; il a glissé sur la neige... Je ne sais pas comment il est tombé, mais son fusil est parti, et il a reçu la balle dans la poitrine. »

André écoutait, haletant, et, sans savoir pourquoi, redoutait quelque chose. Pourquoi la Futaie accourait-il ainsi, dès ce soir, lui annoncer cet accident ? et pourquoi à lui ? à lui d'abord ?

« J'étais là avec Venaud, continua la Futaie, nous avons porté l'homme dans la cabane : sa femme y était cachée, elle l'attendait. Pendant que Venaud courait chercher le médecin et M. le curé, nous avons regardé la blessure ; ils avaient une mauvaise lanterne, dans un coin, la femme m'éclairait... Alors... j'ai reconnu l'homme, quoiqu'il soit bien changé ! »

Le piqueur se tut.

« Eh bien ? » dit André, qui étouffait.

Brusquement la Futaie le prit dans ses bras et le serra contre lui ; il ne pourrait dire le reste avec cette figure-là devant les yeux !

« Qui est-ce ? murmura André d'une voix saccadée, en s'appuyant à lui ; dis-le !...

— Tu as compris ! dit la Futaie ; c'est lui !... Boisgard ! Il faut venir avec moi, mon petit : il va peut-être mourir ! »

La Futaie sentit l'enfant s'attacher plus fortement à lui, et sa voix rude se fit caressante pour l'encourager.

« Mon petit, dit-il tout bas, ne tremble pas comme cela! Tu seras avec moi... ton vieux la Futaie !... »

Mme de Peyres n'osa pas retenir André. Tremblante elle-même et toute bouleversée, elle l'enveloppa dans son manteau; il la laissait faire et l'écoutait sans répondre. Alors, se tournant vers le piqueur:

« Cette masure est inhabitable, dit-elle; si le blessé est transportable, amenez-le ici : on l'installera dans une des chambres de la ferme; je vais m'en occuper... »

XI

Le vent sifflait autour de la hutte des charbonniers, et, s'y engouffrant, la secouait et menaçait à tout instant de la renverser.

Venaud était revenu, amenant des secours. Il avait réussi à allumer du feu, et les grandes flammes vacillaient dans la cheminée, sans cesse refoulées et rabattues par la rafale, éclairant de leur lueur inégale le braconnier étendu à terre, près du foyer, sur une sorte de lit fait à la hâte.

De temps à autre, une voix s'élevait au milieu du silence :

« Par ici, monsieur le curé; éclairez-moi, je vous prie, » disait le docteur, qui pansait le blessé.

Dans l'ombre, à l'autre bout de la masure, la Futaie attendait. Il avait entassé quelques vieux débris dans un coin, et, forçant André à s'y reposer, il le tenait sous son manteau, lui cachant le blessé.

Quand le docteur se releva, le pansement terminé, la Futaie lui fit un signe.

« Il est perdu? » demanda-t-il tout bas.

Le docteur inclina la tête.

« Peut-on lui parler?

— Dans un instant; laissez-lui quelques minutes de repos.

— S'il est transportable, nous pouvons l'emmener à Maltaverne, reprit la Futaie; on est prévenu et on l'attend. »

André avait suivi la Futaie; le docteur le regarda d'abord avec surprise, puis se souvenant :

« Je comprends ! » murmura-t-il.

Et, se reculant, il lui fit place.

Le blessé cherchait à distinguer ceux qui l'entouraient.

« Boisgard, » dit la Futaie en se penchant vers lui...

« Boisgard, dit la Futaie en se penchant sur lui, vous me reconnaissez bien, n'est-ce pas ?

— Oui, » murmura le blessé.

La Futaie reprit :

« Je vous amène quelqu'un que vous aurez plus de peine à reconnaître... Vous rappelez-vous l'enfant que vous avez laissé ici ? »

Le braconnier eut un tressaillement, et ses yeux se tournèrent, inquiets, vers sa femme, qui, cessant de pleurer, s'avança effarée.

La Futaie poussa doucement André devant lui.

« Voulez-vous le voir? dit-il; voilà votre fils! »

La femme étouffa un cri. Son mari la regarda, puis, secouant la tête :

« Je n'ai pas de fils ! répondit-il.

— Il oublie, murmura la Futaie; sa tête est faible.

— Non, non, fit le braconnier; je n'oublie pas ! »

Et se tournant vers sa femme :

« Il faut qu'on sache, reprit-il. Je suis fini... raconte tout ! »

Un instant plus tard, la Futaie quittait la hutte des charbonniers. Cette fois il emportait André dans ses bras, et, quoiqu'il eût fait deux fois déjà le trajet, il marchait d'un pas si rapide, sous son fardeau, qu'en quelques minutes il se trouva devant la grande maison.

XII

Mme de Peyres attendait le retour d'André et l'arrivée du blessé.

Elle avait recommandé le silence vis-à-vis de son père et donné ses ordres pour que tout fût prêt à la ferme. D'une des fenêtres, un domestique guettait, prêt à ouvrir la porte, afin que le bruit de la sonnette n'éveillât pas M. Rouveur.

« Que se passe-t-il ? se disait-elle à tout instant. Il est mort, peut-être !... Quelle nuit pour ce pauvre enfant ! »

Et, dans son inquiétude et son impatience, elle se levait pour aller guetter elle-même son retour, quand la Futaie entra.

Il ouvrit ses bras, mais elle eut à peine le temps d'apercevoir la figure bouleversée d'André.

Il s'était précipité devant elle sur le tapis, et, cachant sa tête sur ses genoux, il éclata en sanglots si violents qu'elle eut peur ! Elle voulut le relever, mais la Futaie l'en empêcha.

« Laissez ! dit-il, — et la Futaie était si ému lui-même qu'il pouvait à peine parler, — laissez, madame ; il vient d'apprendre quelque chose... d'extraordinaire... de bien heureux pour lui, et... »

Le pauvre la Futaie hésitait à chaque mot ; il semblait s'effrayer de ses propres paroles et n'osait continuer.

« Je... je ne sais comment je vais vous dire cela, reprit-il après une pause ; il n'est pas le fils de Boisgard !... C'est une histoire, madame ; mais... j'ai peur de vous la raconter ! »

La Futaie se tut encore, puis, épongeant son front avec angoisse :

« Il n'est pas le fils de Boisgard, répéta-t-il, comme si ces mots pouvaient faire deviner ce qu'il n'osait dire, et... et sa mère le croit mort depuis plus de dix ans... »

André ne pleurait plus; suspendu aux paroles de la Futaie, il le regardait, et ses bras serraient convulsivement Mme de Peyres.

« Madame, écoutez-moi ! comprenez-moi ! Imaginez-vous le bonheur de la mère ! »

Sans se rendre compte de ce qu'il faisait, il avait appuyé sa main sur l'épaule de la jeune femme ; sa voix devenait rauque, incertaine.

« La mère était absente, madame. Elle l'a cru brûlé, dans un incendie ; mais l'enfant a été sauvé. »

Mme de Peyres jeta un cri. Elle s'était levée toute droite, et le repoussant violemment :

« Assez, fit-elle ; taisez-vous... Vous allez me rendre folle !... »

La Futaie souleva vivement André, et le poussant vers elle :

« Parle ! s'écria-t-il, effrayé de l'état où il la voyait. Parle ! elle te croira, toi ! »

André entr'ouvrit les lèvres, mais, sous ce regard égaré, fixe, qui le couvait, il ne put que tendre les bras et tout se résuma pour lui dans ce seul cri :

« Maman !...

— Mon enfant ! mon enfant ! »

Elle s'était précipitée sur lui, l'étouffant de baisers... Puis ses bras s'ouvrirent, sa tête se renversa en arrière.

La Futaie la mit doucement sur son fauteuil, mais, n'osant la toucher, il lui parlait et l'appelait.

« Embrasse-la, répétait-il à André éperdu; embrasse-la, c'est tout ce qu'il lui faut... »

Bientôt elle ouvrit les yeux et se souleva, cherchant André.

« Il est là, voyez, madame, dit la Futaie. Maintenant, calmez-
vous ! Ce n'est pas difficile d'être heureux !...

— Mon enfant !... mon bonheur !... »

Elle n'entendait rien. André était sur ses genoux ; elle appuyait sa

« Mon enfant ! mon bonheur ! »

joue contre la sienne et le berçait doucement, comme autrefois, quand
elle l'avait perdu tout petit, oubliant tout le reste, et se disant seulement qu'il était à elle, qu'elle le retrouvait.

Mais bientôt, sortant de son rêve, elle se souvint :

« L'homme, dit-elle d'une voix brève, où est-il ?... Je veux lui
parler, l'entendre moi-même.

— Ils viennent, madame ; on l'apporte. »

8

La Futaie parlait d'un ton doux, comme on parle aux malades ; et, la voyant se lever, serrant toujours André contré elle :

« Restez, reprit-il, je viendrai vous prévenir. »

Et il quitta le petit salon.

. . . .

. . . .

La nuit s'avançait, mais personne ne dormait à la ferme. Tous les gens de Maltaverne étaient réunis dans la chambre où le blessé avait été déposé.

Le prêtre et le médecin, leur mission terminée, causaient à voix basse auprès du feu.

Sur quelques mots de la Futaie, le docteur, se levant, s'approcha de son malade :

« Vous sentez-vous capable de parler maintenant ? » demanda-t-il.

L'homme fit un signe de tête, et la Futaie sortit.

Quelques instants plus tard, tous s'écartaient sur le passage de Mme de Peyres ; elle ne vit personne et se laissa tomber, chancelante, sur le siège que la Futaie avait avancé pour elle, tout près du mourant.

« Viens, ne me quitte pas ! » murmura-t-elle, retenant André près d'elle, comme si elle avait peur de le perdre encore.

Alors elle regarda le blessé, et tressaillant :

« Je vous reconnais, dit-elle d'une voix à peine distincte ; je vous ai vu chez elle... chez la nourrice ! »

Il fit un signe d'assentiment ; puis, étendant la main vers André :

« C'est votre fils, dit-il, je vous le jure !

— Mon Dieu !... » murmura-t-elle, en s'appuyant à l'épaule d'André.

Elle était à bout de forces, mais elle voulait savoir. Alors, se relevant :

« Dites-moi tout, » fit-elle.

Il parlait difficilement ; sa voix était faible, et il lui fallut s'arrêter souvent pendant cette confession; mais personne n'en perdit un mot, tant le silence était grand autour de lui.

« Vous m'avez vu souvent avec Louise, fit-il. Elle était ma nièce.

— Je sais, dit Mme de Peyres, l'aidant, le pressant malgré elle; je me souviens! Vous la tourmentiez sans cesse de demandes d'argent; vous faisiez un commerce quelconque, qui ne réussissait pas; la pauvre créature vous craignait : votre violence lui faisait peur, et elle vous prêtait son argent en cachette. Son mari le lui a reproché devant moi plusieurs fois.

— C'est vrai! Mais il s'absentait souvent, et j'attendais ces occasions-là pour aller la trouver. »

Il s'arrêta une seconde; puis, reprenant haleine avec effort :

« C'est comme cela que le malheur est arrivé, reprit-il. Un jour, je me suis vu perdu; nous étions menacés de la saisie... Si elle ne nous aidait pas, c'était fini! A la nuit, nous allons chez elle; je lui dis notre situation; elle me répond qu'elle n'a pas d'argent. C'était vrai peut-être, mais je ne voulais pas le croire. Ma femme pleure, supplie... elle refusait toujours! A la fin la colère me prend... Je ne sais pas comment j'ai fait : j'ai dû lui jeter quelque chose à la tête, mais je ne sais pas quoi... Ce n'est qu'en la voyant tomber, toute couverte de sang, que j'ai compris... Je l'avais tuée... sans le vouloir ! »

Il y eut un frémissement sur ses lèvres, et ses mains s'agitèrent; il se tut encore, puis continua, la voix plus ferme :

« Elle était tombée à la renverse, presque dans la cheminée.

« Au moment où je me baissais pour voir si elle était morte, ma femme crie :

« Le feu! le feu à sa robe! » J'étais sauvé! Elle était morte, j'en étais certain... Alors, comme un fou, je réponds :

« C'est bien ! laisse-la brûler, on ne saura rien... Sauvons-nous !

« — Mais l'enfant ! » crie ma femme.

« Il pleurait dans son berceau ; je le roule dans une couverture, et nous partons en courant. »

Mᵐᵉ de Peyres, immobile jusque-là comme une statue, se cramponna à André comme si elle perdait connaissance.

« Attendez un peu, » dit le docteur, accourant à elle.

Mais, relevant la tête, elle fit signe que c'était inutile, et s'adressant à la femme :

« Pourquoi l'appeliez-vous André ? demanda-t-elle tout à coup.

— Son nom était écrit tout entier sur une médaille qu'il avait au cou, répondit la femme : André de Peyres, avec la date de son baptême.

— Où est cette médaille ? »

La femme baissa la tête.

« Nous avons vendu la chaîne, dit-elle, mais nous ne pouvions pas laisser voir la médaille ; je l'ai gardée, je vous la donnerai ! »

L'homme reprit :

« Le reste ne peut pas vous intéresser ; la même nuit nous étions cachés à Paris, puis nous sommes partis plus loin. Ma femme était dans des transes perpétuelles, craignant toujours qu'on nous retrouvât et qu'on nous arrêtât. Pendant quelque temps, j'ai travaillé chez un charbonnier ; mais c'était trop près de notre pays : nous avons cherché ailleurs. C'est comme cela que nous sommes venus ici, au milieu de ces bois, sans savoir qu'ils vous appartenaient et que M. Rouveur était votre père. Pourtant nous n'étions pas tranquilles. Alors l'idée nous est venue de partir bien loin avec des émigrants. L'enfant nous embarrassait, nous l'avons laissé.

— Heureusement !... murmura la Futaie.

— Nous sommes restés neuf ans en Amérique ; mais rien ne m'a réussi. J'ai été malade : c'est la misère et la maladie qui nous ont ramenés en France. Nous ne savions plus où aller. Ici, j'avais trouvé dans le temps de l'ouvrage et un abri : nous y sommes revenus à tout hasard, espérant qu'on ne nous reconnaîtrait pas. Et voilà mon compte réglé... »

Toutes les poitrines se soulevèrent quand le malheureux eut fini; mais le docteur, usant d'autorité, coupa court à toute nouvelle émotion.

« Emmenez votre fils, madame, dit-il en affectant un ton brusque : il a absolument besoin de repos. Voulez-vous qu'il tombe malade ? »

Le docteur avait trouvé le meilleur moyen de rendre Mme de Peyres à elle-même. Le calme lui revint subitement; elle ne sentit plus sa fatigue : sa propre émotion, son bonheur même, tout s'effaça dans son inquiétude momentanée pour André.

Ce n'était pas sans raison, d'ailleurs, que le docteur se prononçait si énergiquement : le pauvre enfant était épuisé.

Aussi la Futaie, qui s'était approché aux premiers mots, suivit l'ordonnance à la lettre.

« Viens, mon petit, dit-il tendrement : tu n'es pas solide sur tes jambes; je vais te porter encore. »

Quelques instants plus tard, Mme de Peyres, les yeux encore mouillés, souriait, à genoux près du lit de son fils.

« Mon chéri, dit-elle, fais ta prière avec moi avant de t'endormir... O Dieu bon, soyez béni ! »

Comme son cœur battait en écoutant le murmure de cette petite voix qui se mêlait à la sienne...

« Maintenant, il faut dormir ! »

Et elle le dévorait de baisers.

« Il faut dormir; bonsoir, mon amour! »

Il se suspendit à son cou.

« Bonsoir, maman ! »

Et il s'endormit, le sourire aux lèvres, retenant sur son oreiller la main qu'elle lui laissait. Elle resta longtemps agenouillée près de lui, le regardant, priant encore et pleurant de joie.

Dans le lit préparé pour le petit étranger, c'était son fils qui dormait. Son fils !... Et demain elle l'aurait encore ! Et dans la vieille maison ce serait fête toujours comme aujourd'hui !... La pauvre maison sans enfants !... Ne l'avait-il pas réveillée déjà, ce cher petit revenant ?

Le pauvre la Futaie errait à la Louverie comme une âme en peine : son maître absent et l'enfant parti, c'était trop !

Qu'allait-il devenir sans le petit ? Claudine était d'humeur irascible ; pour très peu, elle aurait contesté à la mère le droit de reprendre son enfant. Les heures se traînaient, le déjeuner fut silencieux : personne n'avait faim.

La Futaie alluma sa pipe et la laissa s'éteindre ; enfin, n'y tenant plus, il prit le chemin de Maltaverne. Là il apprit que le blessé était mort dans la matinée, et qu'André restait enfermé entre sa mère et son grand-père.

Le choc avait été violent pour M. Rouveur, et il s'en ressentait ; mais cette fois il ne pouvait être question de sa faiblesse et de sa fatigue : il ne voulait pas rester seul. André, assis à ses pieds, parlait depuis le matin, et le grand-père n'était pas encore rassasié de l'entendre redire ce qui lui avait été dit tant de fois déjà.

En l'écoutant, il se ressouvenait des beaux rêves faits autrefois pour le petit enfant qui venait de naître. Était-il possible que ces rêves oubliés fussent redevenus la réalité ? Comme il allait reprendre goût à l'existence !... On n'avait plus le droit de négliger Maltaverne : il y avait beaucoup à faire, mais ce serait fait pour son petit-fils et ses enfants... plus tard ! Car le grand-père voyait loin maintenant dans l'avenir, et André tenait déjà dans sa vie la grande place que de tout temps il y aurait dû tenir.

Il lui tardait de l'associer à ses projets, à ses futurs travaux. Il ne serait plus malade ; ses forces reviendraient au printemps, à la belle saison ! Il questionnait André inutilement, pour le seul plaisir de lui faire répondre : « Oui, grand-père ! »

Et alors, serrant à deux mains la tête de son petit-fils :

« Que c'est bon, murmurait-il, la voix attendrie, que c'est bon de t'entendre ! »

La Futaie se morfondait à la ferme. Voulant voir André (il n'était venu que pour cela), il trouva un prétexte et insista pour qu'on prévînt Mme de Peyres de son arrivée. Il avait à parler à madame, prétendait-il.

Bien lui en prit : car à peine André eut-il entendu son nom, qu'il se précipita dans l'escalier et de là à son cou.

« A la fin ! cria-t-il, te voilà ! Grand-père veut te voir, et maman aussi. »

Comme il était chez lui déjà à Maltaverne ! Ah !... la pauvre Louverie serait vite oubliée !... La Futaie éprouvait une certaine gêne à se présenter chez M. Rouveur.

C'était très mal, il le sentait ; mais il avait beau faire et beau dire, il avait eu beau se raisonner toute la nuit, il leur en voulait un peu... C'était plus fort que lui, et il n'y pouvait rien.

Mais ce vilain sentiment ne put tenir après l'accueil qu'il reçut à Maltaverne.

« Oui, se disait-il au commencement, cajolez-moi, enjôlez-moi !... Votre reconnaissance !... Sans doute, c'est moi qui l'ai trouvé et aimé tout petit ; vous ne pouvez pas empêcher cela ! Mais, tout de même, vous me le prenez... »

Puis il se fit de gros reproches ; ils étaient si heureux tous les trois ! Mme de Peyres le remerciait avec tant de cœur ! N'avait-il pas été très fier de le rendre, lui-même, à sa mère ? Un modèle de femme, qu'il estimait plus que tout au monde, excepté son maître ! Qu'aurait-il dit alors s'il avait fallu le rendre à des parents comme les Boisgard ?

Le mieux était de ne pas penser à trop de choses et d'être heureux et content, comme tous les autres...

« J'étais venu, dit-il, exposant enfin son prétexte, pour demander à madame si M. Dellerin avait été prévenu.

— Pour qui nous prends-tu? s'écria André avec son impétuosité habituelle; nous lui avons écrit ce matin, tous, et j'espère bien que parrain va venir. J'irai au-devant de lui avec toi, veux-tu, mon vieux? »

La Futaie jeta un regard plein d'orgueil sur « les parents »; il ne put s'en empêcher.

« Ah! dit-il, le cœur épanoui, la Futaie compte donc encore un peu? »

André le renversa presque.

« Es-tu bête! cria-t-il. Tais-toi, ou je t'étrangle! »

Et le secouant par les épaules :

« Vieux jaloux! n'as-tu pas honte?... Je peux aimer à la fois une maman, un grand-père, un parrain... et un vieux la Futaie : tu sauras cela! »

Il lui avait glissé en parlant ses bras autour du cou :

« Et tu garderas toujours la même place; tu seras toujours mon meilleur ami... mon vieux la Futaie enfin! Que veux-tu de plus? »

Rien sans doute, car la Futaie ne répondit pas. Il cacha sa tête un moment derrière les petits bras qui l'emprisonnaient; et quand il la releva, il ne restait plus dans cette vieille tête un seul des vilains raisonnements qui l'avaient rendu si malheureux...

Le braconnier fut enterré le lendemain. Sa femme témoigna le désir de retourner dans sa famille; on lui donna l'argent nécessaire pour le voyage et on lui promit des secours.

Depuis le matin, André ne tenait plus en place : on avait reçu de son parrain une dépêche annonçant son arrivée.

XIII

« Ce n'est pas trop de deux maisons pour y faire du bruit, et je
peux bien habiter en même temps la Louverie et Maltaverne ; n'est-ce
pas, grand-père ? »

André avait résolu ainsi un grand problème.

Pendant quelques mois il avait vécu dans son nouveau nid, à Maltaverne ; mais aujourd'hui il en avait deux.

Sa mère, devenue Mme Dellerin, le ramenait à la Louverie, aux
acclamations de tous ; mais son grand-père le retenait à Maltaverne ;
aussi avait-il trouvé un moyen de contenter tout le monde : il adop-
tait les deux nids à la fois.

Pendant les premiers jours, la Futaie avait à moitié perdu la tête.

Le petit était revenu !...

Il l'avait toujours pensé et prédit ; Claudine aussi, la Broussaille
aussi, tous les gens sensés, enfin. N'était-ce pas bien mieux ainsi ?
Personne n'était plus à plaindre maintenant, et il y avait bien assez
de joie pour les deux maisons. André avait raison, il pouvait suffire
à tout.

C'était le même bruit, le même rire joyeux, à Maltaverne et à la
Louverie. Savait-on jamais exactement s'il était ici ou là-bas ?

Il vivait double ; son couvert était mis aux deux tables, son lit prêt dans les deux chambres. Ici et là-bas, un baiser l'accueillait à l'arrivée ; un regret le suivait au départ.

Il n'avait jamais tant couru, sifflé et chanté à travers la forêt.

Sa chère forêt ! Il ne la quitterait jamais, c'était bien entendu. Son éducation terminée, les examens passés (grand-père tenait aux examens), il aurait bien assez d'occupations à Maltaverne : il ferait valoir la propriété avec son grand-père, qui aurait besoin de lui ; c'était entendu aussi. Ils en parlaient sans cesse.

Quand ils étaient ensemble, il n'était question que de machines de toutes sortes : à battre, à faucher, à moissonner ; d'améliorations, d'engrais, d'élevage, de comices agricoles... Bientôt André serait presque aussi fort en agriculture qu'en vénerie.

Et puis, sans en avoir l'air, il travaillait très bien. M. le curé de Sainte-Radegonde avait peine à s'expliquer ce mystère : cet élève, toujours par voies et par chemins, faisait de grands progrès et avait rattrapé enfin le temps perdu ! Et puis il aimait ses leçons, maintenant, et s'y intéressait.

Nouveau mystère !

C'est que le professeur ne savait pas sans doute tout ce que peut obtenir une maman patiente, même quand elle ne sait pas le grec et le latin.

« Vous comprenez, monsieur le curé (André s'expliquait quelquefois avec son professeur), vous comprenez, je ne peux plus être paresseux ; d'abord, je suis trop grand, ce serait honteux ; et puis, j'ai toutes sortes de raisons encore... »

Il fallait que ces raisons fussent bien puissantes, car André venait de travailler deux heures de suite sans lever les yeux une seule fois vers la fenêtre ouverte devant lui.

Maintenant il était sur la fenêtre même, une jambe d'un côté dans la chambre, l'autre dehors dans le vide, la tête encadrée dans un fouillis de plantes grimpantes.

« Pouvais-je m'imaginer... »

« Je ne peux plus avoir un seul défaut, voyez-vous ; je suis trop heureux. Et puis, je veux faire honneur à mon père : je ne veux pas
qu'on puisse croire qu'il m'a mal élevé... Cette idée-là m'est venue
un jour en causant avec maman ; peut-être même est-ce maman qui me
l'a soufflée : toutes les bonnes idées viennent d'elle... Ce pauvre père,
il a été si bon toujours ! Rien que pour lui, je veux devenir un aigle. »

Il se mit à rire, et secouant sa tête couronnée de feuillage :

« Vous serez fier de votre élève alors, et cela vous changera bien,
dites, monsieur le curé ? Sans compter que la Futaie croira que c'est
l'effet de ses sermons !... »

Tout à coup, les plantes grimpantes s'agitèrent d'une façon inquié-
tante, puis le parquet s'ébranla : André sautait des deux pieds au
milieu de la chambre.

« Maman vient ; je l'aperçois là-bas, cria-t-il. Au revoir, monsieur
le curé ! à demain !

Il jeta pêle-mêle livres et cahiers dans la vieille gibecière, ouvrit
et ferma la porte avec fracas, puis l'escalier sembla s'écrouler ; et
quand M. le curé se pencha à la fenêtre, André avait déjà tourné la
rue, où il courait à longues enjambées. York, qui avait dormi au
soleil en attendant son maître, semblait disposé, autant que lui, à faire
des folies. Excité par André, il gambadait autour de lui, aboyant de
joie et lui sautant à chaque pas jusqu'aux épaules.

« Toute seule ! cria André, dès que sa mère put l'entendre ; décidément tu deviens très brave, maman.

— Oui, dit Mᵐᵉ Dellerin en souriant, depuis que j'ai la protection
de mon grand fils ! »

York, faisant l'office de courrier, annonça à Maltaverne l'arrivée
des promeneurs, et M. Rouveur, quittant son fauteuil, s'avança près
de la fenêtre ouverte.

« J'aurai besoin de toi demain, dit-il à André. Pourras-tu aller à la
coupe de l'Allée Tournante ?

— Je crois bien ! La Futaie m'amènera mon cheval, et j'irai après ma leçon, répondit André, enchanté de l'aubaine.

— C'est bien. Tu déjeuneras avec moi, et je te donnerai mes instructions. »

C'était le bonheur du grand-père de lui confier ses instructions...

« Il s'agit de faire disparaître les derniers vestiges de la hutte de Boisgard... Cela t'intéresse tout particulièrement. »

Le soleil baissait quand André, accompagné de son père et de sa mère, quitta Maltaverne. La forêt devenait silencieuse; partout les actives petites bêtes qui lui donnent tant d'animation pendant le jour étaient endormies.

L'étang des Palis, traversé par un grand rayon d'or, brillait dans le lointain; la hutte des charbonniers était encore debout, mais les arbres avaient grandi tout autour et la cachaient dans leurs branches.

André ne passait jamais là sans s'y arrêter.

Autrefois, quand il se croyait le fils du braconnier, la vue de la vieille masure lui était pénible ; c'est là que ses mauvais parents l'avaient abandonné : ces parents sans pitié, qui n'aimaient pas leur enfant et que tout le monde méprisait pour cette mauvaise action !

Que de fois il s'était redit ici, à lui-même, sa propre histoire, telle que la racontait la Futaie... et les réflexions indignées de Claudine... et le jugement sévère de tous.

Maintenant il avait une mère, sa vraie mère !... Le reste s'effaçait comme un mauvais rêve; il n'y avait plus que du bonheur en lui et autour de lui, et il se souciait peu que la hutte restât ou non debout; mais cette vue était pénible à sa mère et à son grand-père.

« André, dit M. Dellerin, te rappelles-tu le jour où tu m'as dit : « Je serais si heureux, parrain, si je n'étais pas leur fils ? » Es-tu aussi heureux que tu te l'imaginais alors ? »

André s'arrêta tout court.

« Bien plus ! » s'écria-t-il vivement.

Et, baisant tour à tour les deux mains qu'il tenait :

« Bien plus ! répéta-t-il, et surtout maintenant !... Pouvais-je m'imaginer qu'un jour je vous aurais l'un et l'autre pour père et pour mère, que je serais à vous deux ? »

FIN

SOCIÉTÉ ANONYME — IMP. — VILLEFRANCHE-DE-ROUERGUE

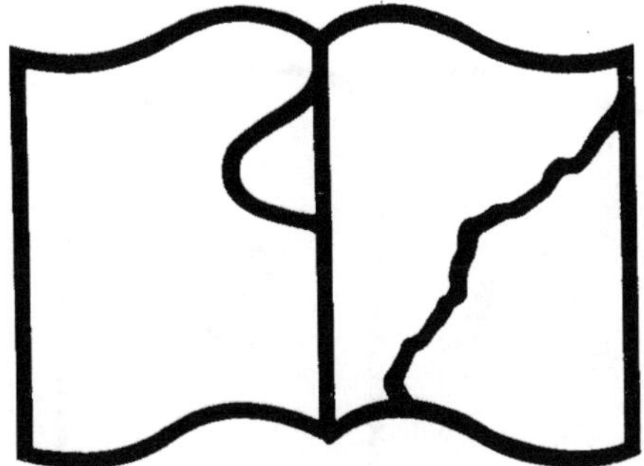

Texte détérioré — reliure défectueuse

NF Z 43-120-11

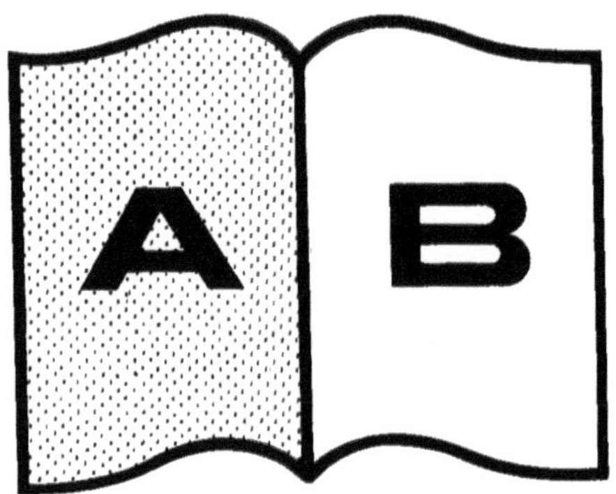

Contraste insuffisant

NF Z 43-120-14